100
crônicas escolhidas

RUBEM BRAGA

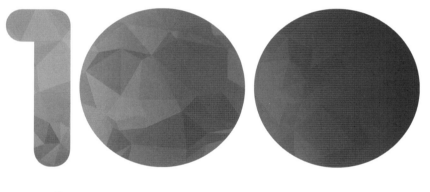

crônicas escolhidas

Seleção e prefácio • Gustavo Henrique Tuna

São Paulo
2022

© Espólio Roberto Seljan Braga, 2022
1ª Edição, Global Editora, São Paulo 2022

Jefferson L. Alves — diretor editorial
Gustavo Henrique Tuna — gerente editorial
Flávio Samuel — gerente de produção
Jefferson Campos — assistente de produção
André Seffrin — coordenação editorial
Nair Ferraz — coordenação de revisão
Juliana Tomasello — assistente editorial
Sandra Brazil e Giovana Sobral — revisão
Fabio Augusto Ramos — projeto gráfico e capa
Taís do Lago — diagramação

Dados Internacionais de Catalogação na Publicação (CIP)
(Câmara Brasileira do Livro, SP, Brasil)

Braga, Rubem, 1913-1990
   100 crônicas escolhidas / Rubem Braga ; seleção e prefácio Gustavo Henrique Tuna. — 1. ed. — São Paulo : Global Editora, 2022.

   ISBN 978-65-5612-344-8

   1. Crônicas brasileiras I. Tuna, Gustavo Henrique. II. Título.

22-118399   CDD-B869.8

Índices para catálogo sistemático:
1. Crônicas : Literatura brasileira B869.8
Cibele Maria Dias – Bibliotecária – CRB-8/9427

Obra atualizada conforme o
NOVO ACORDO ORTOGRÁFICO DA LÍNGUA PORTUGUESA

Global Editora e Distribuidora Ltda.
Rua Pirapitingui, 111 — Liberdade
CEP 01508-020 — São Paulo — SP
Tel.: (11) 3277-7999
e-mail: global@globaleditora.com.br

(**g**) globaleditora.com.br   (**y**) @globaleditora
(**f**) /globaleditora   (**O**) @globaleditora
(**▶**) /globaleditora   (**in**) /globaleditora
(**●**) blog.grupoeditorialglobal.com.br

Direitos reservados.
Colabore com a produção científica e cultural.
Proibida a reprodução total ou parcial desta
obra sem a autorização do editor.

Nº de Catálogo: **4375**

SUMÁRIO

O cronista lê o mundo –
Gustavo Henrique Tuna 11

O velho pé de fruta-pão 17
Mar 19
Um pé de milho 21
Biribuva 22
Histórias de Zig 27
Flor-de-maio 32
A borboleta amarela 34
Cajueiro 38
Os trovões de antigamente 39
Apareceu um canário 41
O protetor da natureza 43
Havia um pé de romã 45
O vento que vinha trazendo a Lua 47
Uma árvore junto ao mar 49
O Rio 51
O Brasil está secando 53
Coisas do Brasil 55
Os homens práticos 56
A tartaruga 58
A árvore 59
Não matem o jacu-verde! 60
Adeus a Augusto Ruschi 62
Chamava-se Amarelo 64

Sejam mais amplamente humanos 67
    Palmiskaski 69
    Morro do Isolamento 71
    Recife, tome cuidado 73
    Crianças com fome 75
    A velha 78
    Para as crianças 80
    São Cosme e São Damião 82
    Natal de Severino de Jesus 84
    Onde estaria o menino 86
Não é ninguém, é o padeiro! 89
    Animais sem proteção 91
    O conde e o passarinho 93
    Luto da família Silva 95
    Manifesto 97
    O lavrador 99
    Humildes 100
    O padeiro 101
    Os índios e a terra 103
Somos desprezíveis e fracos 105
    A casa do alemão 107
    A procissão de guerra 110
    A menina Silvana 112
    Cristo morto 116
    O telefone 119
    Os perseguidos 121
    Cansaço 123
Aqui estamos juntos tão à vontade 125
    A companhia dos amigos 127
    Do Carmo 129

Natal 131
O velho 133
Lembranças 135
Velhas cartas 137
Nós, imperadores sem baleias 139
O poeta 141
Os amigos na praia 143
Depoimento de capixaba 144
Recado de primavera 146
Recordações pernambucanas 147
Apesar disso tudo – há o amor **151**
Sobre o amor, etc. 153
A viajante 156
Os amantes 158
Mãe 161
Amor, etc. 164
Não ameis à distância! 165
Às duas horas da tarde de domingo 167
Uma certa americana 169
Sobre o amor, desamor. 171
Carta a uma velha amiga 173
A tua lembrança 175
"Vamos tomar alguma coisa" 176
Aproveite sua paixão 178
Viver sem Mariana é impossível 180
Ainda há sol, ainda há mar 182
E talvez não se queira achar **185**
A lua e o mar 187
Da praia 190
Procura-se 192

Sobre a morte 194

O morador 196

Nascem varões 199

A navegação da casa 202

O mato 205

Homem no mar 206

Bichos 208

Neide 210

As meninas 212

Lembranças da fazenda 214

A outra noite 216

Quem sabe Deus está ouvindo 217

É um grande companheiro 219

O abominável homem das neves 221

As boas coisas da vida 222

Como se fosse para sempre 223

Uma certa doçura 225

Almoço mineiro 227

Um sonho de simplicidade 229

Coisas antigas 231

Batismo 233

O sonho da roça 234

O céu 235

Um cavalo pastando domingo 236

Ruas antigas, um clube para todo mundo ... 237

Um passeio a Paquetá 239

Origem das crônicas 241

Sobre o autor 245

Sobre o selecionador 247

O CRONISTA LÊ O MUNDO

Em seu brilhante ensaio "Flautas, melancias e colibris", o jornalista e crítico literário Sérgio Augusto concebe uma exposição sucinta e precisa sobre a trajetória da crônica como gênero literário que se enraizou no Brasil, e pontua a segurança de Rubem Braga em sua lida diária de escritor que não se ocupava em debater teoricamente o gênero.[1] Pensando sempre de forma autônoma, o cronista aproveitava o conciso espaço de que dispunha nos jornais e revistas para expor, à sua maneira, sua incomum perspectiva do mundo à sua volta. A presente antologia tenciona apresentar ao leitor um conjunto de textos do escritor que lhe permitirão conhecer suas visões sobre um amplo espectro de dimensões da vida, esta que na crônica "O conde e o passarinho", publicada em livro de mesmo título, ele cravaria como sendo "uma imensa molecagem".

As *100 crônicas escolhidas* de Rubem Braga foram publicadas pela primeira vez em 1958 pela Livraria José Olympio Editora, com seleção do autor. A antologia contemplaria textos veiculados na imprensa entre os anos 1933 e 1955, que foram extraídos de seus livros *O conde e o passarinho, Morro do Isolamento, Crônicas da Guerra na Itália (com a FEB na Itália), Um pé de milho, O homem rouco, A borboleta amarela* e *A cidade e a roça*. O volume que ora se apresenta alarga esse escopo, abarcando crônicas de títulos do autor que foram lançadas após essa época. Além disso, é necessário destacar que se viu aqui também uma boa oportunidade para apresentar ao leitor alguns textos de Rubem Braga que permaneciam até então inéditos em livro, cujo acesso nos foi possível graças à auspiciosa iniciativa da Fundação Casa de Rui Barbosa de disponibilizar em seu *site* o precioso acervo do escritor que se encontra sob a guarda da instituição. Refiro-me aqui às crônicas "Para as crianças", "Onde estaria o menino", "Humildes", "Carta a uma velha amiga", "A tua lembrança", "'Vamos tomar alguma coisa'", "Bichos", "O abominável homem das neves", "Como se fosse para sempre", "O céu", "O sonho da roça", "Um cavalo pastando domingo" e "Ruas antigas, um clube para todo mundo".

---

[1] AUGUSTO, Sérgio. Flautas, melancias e colibris. In: *Cadernos de Literatura Brasileira – Rubem Braga*. São Paulo: Instituto Moreira Salles, 2011. p. 128.

Para a presente seleção, optou-se por organizar os textos a partir dos temas por eles abrangidos. Ainda que tal exercício seja somente uma das alternativas existentes, pensou-se que essa seria uma forma ainda mais instigante para que tantos os antigos como os novos leitores de Braga pudessem degustá-las.

Abrindo com o bloco "O velho pé de fruta-pão", o volume lança sua âncora numa pequena porção do imenso mar de textos que o autor dedicou à beleza e ao vigor dos bichos e das plantas, seres pelos quais Rubem devotou sincera adoração, desde sua infância em Cachoeiro de Itapemirim até a vida adulta na capital fluminense. O segmento seguinte intitulado "Uma árvore junto ao mar" privilegia textos em que Rubem expõe de forma ousada e genuína sua preocupação com problemáticas relacionadas ao equilíbrio ambiental.

Há que se realçar que o cronista, tendo nascido em 1913 e falecido em 1990, foi testemunha de transformações de toda ordem que compuseram o "longo século XX", para utilizarmos a expressão consagrada pelo economista italiano Giovanni Arrighi.[2] Rubem presenciou as intensas mudanças no mundo do trabalho no Brasil que se acentuaram durante a primeira metade do século XX, posicionando-se – urge destacar – de maneira crítica em relação aos ventos do progresso econômico sempre que esses comprometiam, além do equilíbrio da natureza, a construção de uma sociedade mais tolerante e inclusiva do ponto de vista social. Nesta linha, no que tange à voracidade das forças econômicas e políticas sobre o cotidiano da população testemunhada pelo escritor, selecionamos as crônicas que perfazem os blocos "Sejam mais amplamente humanos", "Não é ninguém, é o padeiro!" e "Somos desprezíveis e fracos". Neste prisma, não será exagero afirmar que em muitas ocasiões Rubem contemplou nas páginas dos jornais para os quais contribuía uma parte significativa dos 17 objetivos que recentemente a ONU definiu como sendo os principais a serem alcançados por todos os países até 2030, para se atingir o desenvolvimento sustentável. Ao assistir em seu país a seca e a poluição dos rios, a devastação das matas, a morte de animais e o desrespeito vivenciado por muitos trabalhadores em suas atividades

---

[2] ARRIGHI, Giovanni. *O longo século XX*: dinheiro, poder e as origens do nosso tempo. Rio de Janeiro/São Paulo: Contraponto/Editora Unesp, 1996.

profissionais, o cronista clamaria por um mundo mais equilibrado, produzindo um diagnóstico que encontra eco nos tempos atuais.

O valor que Rubem devotava à presença de seus amigos nas diversas cidades em que morou ao longo de sua vida era imenso. Sua personalidade reconhecidamente contida não o impedia de sempre estar rodeado de pessoas queridas, nos bons e nos maus momentos. E tais encontros foram com frequência felizes ocasiões para que ele transmutasse em crônica a atmosfera de tais vivências, embebidas com humor, ironia e toda a sorte de emoções. É o que se pode comprovar pelos textos que integram o bloco "Aqui estamos juntos tão à vontade".

O cronista foi pródigo em expor através das palavras suas reflexões sempre espirituosas sobre as aventuras do coração, em caminhos variados que trazem muitas vezes sua inconfundível ironia, em outras sentimentos de sincera paixão, em tantas outras as manifestações de eterna saudade do que foi vivido a dois. Tamanha variedade de narrativas acerca de percursos íntimos da alma está vivamente recolhida no segmento "Apesar disso tudo – há o amor".

Em sua extensa colaboração para jornais e revistas, Rubem produziu muitos textos nos quais discorreu, à sua inconfundível maneira, sobre os mistérios e o sentido da vida. Em muitas dessas ocasiões, ele infunde em sua prosa contemplações de extrema perspicácia sobre grandes dilemas humanos. No intuito de ofertar ao leitor uma significativa amostra desses textos que flagram o escritor num exercício autorreflexivo é que compusemos o bloco "E talvez não se queira achar". Por fim, considerou-se que seria de extrema sintonia com o legado literário de Rubem encerrar esta antologia com textos do autor nos quais pulsam sua preferência por uma vida simples. Esse foi o prisma que norteou a escolha das crônicas do segmento "Uma certa doçura".

Numerosas são as possibilidades de se compor uma antologia de crônicas de Rubem Braga. Esta que aqui se apresenta procurou conceder ao leitor a chance de degustar seus textos em blocos temáticos. Que o caminho que aqui se propõe torne ainda mais impactante a transformadora experiência que é captar a leitura do mundo feita pelo imbatível cronista!

Gustavo Henrique Tuna

13

O velho pé de fruta-pão

MAR

A primeira vez que vi o mar eu não estava sozinho. Estava no meio de um bando enorme de meninos. Nós tínhamos viajado para ver o mar. No meio de nós havia apenas um menino que já o tinha visto. Ele nos contava que havia três espécies de mar: o mar mesmo, a maré, que é menor que o mar, e a marola, que é menor que a maré. Logo a gente fazia ideia de um lago enorme e duas lagoas. Mas o menino explicava que não. O mar entrava pela maré e a maré entrava pela marola. A marola vinha e voltava. A maré enchia e vazava. O mar às vezes tinha espuma e às vezes não tinha. Isso perturbava ainda mais a imagem. Três lagoas mexendo, esvaziando e enchendo, com uns rios no meio, às vezes uma porção de espumas, tudo isso muito salgado, azul, com ventos.

Fomos ver o mar. Era de manhã, fazia sol. De repente houve um grito: o mar! Era qualquer coisa de largo, de inesperado. Estava bem verde perto da terra, e mais longe estava azul. Nós todos gritamos, numa gritaria infernal, e saímos correndo para o lado do mar. As ondas batiam nas pedras e jogavam espuma que brilhava ao sol. Ondas grandes, cheias, que explodiam com barulho. Ficamos ali parados, com a respiração apressada, vendo o mar...

Depois o mar entrou na minha infância e tomou conta de uma adolescência toda, com seu cheiro bom, os seus ventos, suas chuvas, seus peixes, seu barulho, sua grande e espantosa beleza. Um menino de calças curtas, pernas queimadas pelo sol, cabelos cheios de sal, chapéu de palha. Um menino que pescava e que passava horas e horas dentro da canoa, longe da terra, atrás de uma bobagem qualquer – como aquela caravela de franjas azuis que boiava e afundava e que, afinal, queimou a sua mão... Um rapaz de quatorze ou quinze anos que nas noites de lua cheia, quando a maré baixa e descobre tudo e a praia é imensa, ia na praia sentar numa canoa, entrar numa roda, amar perdidamente, eternamente, alguém que passava pelo areal branco e dava boa-noite... Que andava longas horas pela praia infinita para catar conchas e búzios crespos e conversava com os pescadores que consertavam as redes. Um menino que levava na canoa um pedaço de pão e um livro, e voltava sem estudar nada, com vontade de dizer uma porção de coisas que não sabia dizer – que ainda não sabe dizer.

Mar maior que a terra, mar do primeiro amor, mar dos pobres pescadores maratimbas, mar das cantigas do catambá, mar das festas, mar terrível daquela morte que nos assustou, mar das tempestades de repente, mar do alto e mar da praia, mar de pedra e mar do mangue... A primeira vez que saí sozinho numa canoa parecia ter montado num cavalo bravo e bom, senti força e perigo, senti orgulho de embicar numa onda um segundo antes da arrebentação. A primeira vez que estive quase morrendo afogado, quando a água batia na minha cara e a corrente do "arrieiro" me puxava para fora, não gritei nem fiz gestos de socorro; lutei sozinho, cresci dentro de mim mesmo. Mar suave e oleoso, lambendo o batelão. Mar dos peixes estranhos, mar virando a canoa, mar das pescarias noturnas de camarão para isca. Mar diário e enorme, ocupando toda a vida, uma vida de bamboleio de canoa, de paciência, de força, de sacrifício sem finalidade, de perigo sem sentido, de lirismo, de energia; grande e perigoso mar fabricando um homem...

Este homem esqueceu, grande mar, muita coisa que aprendeu contigo. Este homem tem andado por aí, ora aflito, ora chateado, dispersivo, fraco, sem paciência, mais corajoso que audacioso, incapaz de ficar parado e incapaz de fazer qualquer coisa, gastando-se como se gasta um cigarro. Este homem esqueceu muita coisa, mas há muita coisa que ele aprendeu contigo e que não esqueceu, que ficou, obscura e forte, dentro dele, no seu peito. Mar, este homem pode ser um mau filho, mas ele é teu filho, é um dos teus, e ainda pode comparecer diante de ti gritando, sem glória, mas sem remorso, como naquela manhã em que ficamos parados, respirando depressa, perante as grandes ondas que arrebentavam – um punhado de meninos vendo pela primeira vez o mar...

Santos, julho, 1938

UM PÉ DE MILHO

Os americanos, através do radar, entraram em contato com a Lua, o que não deixa de ser emocionante. Mas o fato mais importante da semana aconteceu com o meu pé de milho.

Aconteceu que no meu quintal, em um monte de terra trazido pelo jardineiro, nasceu alguma coisa que podia ser um pé de capim – mas descobri que era um pé de milho. Transplantei-o para o exíguo canteiro na frente da casa. Secaram as pequenas folhas, pensei que fosse morrer. Mas ele reagiu. Quando estava do tamanho de um palmo veio um amigo e declarou desdenhosamente que na verdade aquilo era capim. Quando estava com dois palmos veio outro amigo e afirmou que era cana.

Sou um ignorante, um pobre homem de cidade. Mas eu tinha razão. Ele cresceu, está com dois metros, lança as suas folhas além do muro – e é um esplêndido pé de milho. Já viu o leitor um pé de milho? Eu nunca tinha visto. Tinha visto centenas de milharais – mas é diferente. Um pé de milho sozinho, em um canteiro, espremido, junto do portão, numa esquina de rua – não é um número numa lavoura, é um ser vivo e independente. Suas raízes roxas se agarram no chão e suas folhas longas e verdes nunca estão imóveis. Detesto comparações surrealistas – mas na glória de seu crescimento, tal como o vi em uma noite de luar, o pé de milho parecia um cavalo empinado, as crinas ao vento – e em outra madrugada parecia um galo cantando.

Anteontem aconteceu o que era inevitável, mas que nos encantou como se fosse inesperado: meu pé de milho pendoou. Há muitas flores belas no mundo, e a flor de milho não será a mais linda. Mas aquele pendão firme, vertical, beijado pelo vento do mar, veio enriquecer nosso canteirinho vulgar com uma força e uma alegria que fazem bem. É alguma coisa de vivo que se afirma com ímpeto e certeza. Meu pé de milho é um belo gesto da terra. E eu não sou mais um medíocre homem que vive atrás de uma chata máquina de escrever: sou um rico lavrador da Rua Júlio de Castilhos.

Dezembro, 1945

BIRIBUVA

Era meia-noite, com chuva e um vento frio. O gatinho estava na rua com um ar tão desamparado que o meu amigo se impressionou. Verdade que meu amigo estava um pouco bêbado; se não estivesse, talvez nem visse a tristeza do gatinho, pois já notei que as pessoas verdadeiramente sóbrias não enxergam muito; veem apenas provavelmente o que está adiante de seus olhos no tempo presente. O bêbado vê o que há e o que deveria ter havido antigamente, e além o que nascerá na madrugada que ainda dorme, no limbo de trevas e luz da eternidade – embaixo da cama de Deus. Sim. Ele criou o mundo em seis dias e dormiu como um pedreiro cansado no sétimo. Porém não criou tudo, guardou material para surpreendentes caprichos a animar com seu sopro divino. Darei exemplos, se me pedirem. Conheço uma dama que me pus a examinar com a máxima atenção; ela me apresentou a seus pais e a seus dignos avós e mostrou-me, no velho álbum da família, suas mais remotas tias-bisavós, algumas vestidas de *new-look,* e uma cheia de graça.

Sim, aqui e ali havia um traço que tentava esboçar o encanto que viria; na boca desse rapaz de 1840; na mão dessa dama que segura um leque, nos olhos desse menino antigo o milagre vinha nascendo lento e fluido, o espírito ia se infiltrando na matéria e animando-a na sua mais íntima essência. Mas não basta. Autorizam-nos as escrituras santas a admitir que, mesmo quando é Ele próprio que se encarna, o Espírito Santo ajuda a fecundar uma terrena mulher, e assim foi com a mãe de João Batista, o qual trouxe no peito mais força do que jamais puxaria de toda a fieira dos pais de Isabel e de Zacarias, uma força vinda de Deus.

Sentiu isso o poeta antigo perante sua amada, "formosa qual se a própria mão divina lhe traçara o contorno e a forma rara". É assim; mas lá vou eu a falar de bíblias e poetas e desse raio dessa mulher, e quase deixo o gatinho na chuva à mercê de um bêbado vulgar.

O bêbado era meio poeta, e trouxe o bichinho para casa. Pela manhã o vimos: ele examinava lentamente a sala e, desconfiado, quis ficar debaixo do sofá. Mas já pela tarde escolhera um canto, onde se espichou.

Reunimo-nos para batizá-lo, e, como ele é todo preto e foi achado à meia-noite, resolvemos que seria Meia-Noite.

No segundo dia, porém, uma alemã que ama e entende gatos fez a revelação; Meia-Noite era uma gatinha. Deve ter dois meses e meio, disse mais.

Ora, isso é o mesmo que ser menina apenas com leves tendências a senhorita; e a uma senhorita de família não fica bem esse nome de Meia-Noite. Esse nome haveria de lhe lembrar sempre sua origem miserável e triste; e o grande gato ruivo do vizinho, gordo e católico a tal ponto que embora se chame Janota nós todos sentimos que ele é o próprio G. K. Chesterton, poderia tratá-la com irônico desprezo.

Da nossa perplexidade aproveitou-se o menino, que queria dar ao bicho o nome de Biriba. Declarou que se tratava, sem dúvida nenhuma, da viúva do Biriba.

Não importa que seja uma gatinha adolescente; também as moças de dezesseis anos que se vestem de luto aliviado à maneira antiga recebem esse nome de viúva do Biriba. Alguém ajeitou as coisas, e concluímos que a linda gatinha ficaria se chamando Biribuva.

Devo confessar que não sou um *gentleman*; venho de famílias portuguesas, não digo pobres, mas de condição modesta, gente honrada e trabalhadora que, pelejando através dos séculos no cabo da enxada ou atrás do balcão, nunca teve tempo para se fazer *gentlemen* ou *ladies*. Isso ficou privilégio do ramo espúrio ainda que muito distinto dos Braga, os chamados Bragança. E hoje, vejam bem, os Braga são uns pobres enfiteutas, e os Bragança altos senhorios. Melancolias da História; mas de qualquer modo devo confessar que os costumes de minha casa são um tanto rudes, e às vezes mesmo acontece que o garçom de luvas brancas não nos serve o chá das cinco com a devida pontualidade, o que nos produz um grande abatimento moral. Enfim, nos conformamos – mesmo porque não temos luvas, nem garçom, nem chá.

Biribuva talvez tenha compreendido a situação, e faz questão de mostrar pelo seu delicado exemplo as regras da distinção e da aristocracia. Sai todas as noites, dorme o dia inteiro, não trabalha, e vive a se espreguiçar e a se lamber.

A gatinha escolheu minuciosamente o canto mais confortável de nosso velho sofá, e ali se aninha com tanta graça e tranquilidade como se este fosse o seu direito natural. Se bato à máquina com mais força ou falamos demasiado alto, a jovem condessinha de Biribuva ergue com lentidão a cabeça e nos fita, graciosamente aborrecida, com seus olhos verdes que têm no centro um breve risco vertical azul. Assim ela nos faz entender que as pessoas finas jamais falam tão alto (apenas murmuram coisas e, às vezes, suspiram) e não escrevem jamais a máquina nem mesmo a caneta, pois isso é um baixo trabalho manual.

Pela manhã assisti a seu banho de sol. Meu escritório tem duas janelas, uma dando para leste e outra para o norte; de maneira que pela manhã o sol entra por uma e depois por outra, e há uma hora intermediária em que entra pelas duas. Assim eu havia entrecerrado ambas as janelas e ficou apenas no assoalho uma faixa de luz. Ali se esticou Biribuva, tão negra e luzente. Depois de fazer algumas flexões da mais fina graça, começou, com a língua muito rubra, a proceder a uma cuidadosa toalete; e afinal ficou esticada, a se aquecer. Depois de uns dez minutos retirou-se para seu canto de sombra; tive a impressão, quando esticou a patinha negra, de que consultava um invisível reloginho de pulso, naturalmente de ouro, cravejado de brilhantes.

Às vezes a condessinha dá a entender que se dignaria a brincar um pouco; e então agitamos em sua frente um barbante ou lhe damos uma bola de pingue-pongue. Ela dá saltos e voltas com uma graça infinita, vibrando no ar a patinha rápida; tem bigodes do tamanho dos de um bagre velho; e suas orelhas negras são translúcidas como o tecido dessas meias *fumées*.

Um dia ela crescerá, e então...

Devo dizer que o grande gato ruivo da vizinha, que nos visitava toda tarde, cortou suas visitas.

Apareceu um dia na janela do quintal. Biribuva estava em seu canto do sofá. Voltou-se e viu o bichano quatro vezes maior do que ela. Assumiu instantaneamente uma atitude de defesa, toda arrepiada e com os olhos fixos no gatão. Suas garras apareceram e ela soltou um miau! que era mais um gemido estranho e prolongado.

Isso certamente aborreceu o velho Janota, que lhe lançou um olhar do maior desprezo e se retirou. A condessinha de Biribuva ficou ainda alguns minutos arrepiada e nervosa. Tentei fazer-lhe uma festinha e ela continuou a olhar fixamente para aquele lado. Afinal sossegou, e como uma das gavetas de minha mesa estivesse entreaberta ela se aninhou lá dentro – pois, modéstia à parte, Biribuva é uma grande apreciadora de minhas crônicas, ou pelo menos as acha muito repousantes.

Mas o incidente nos alarmou. Dentro de alguns meses Biribuva será uma senhorita. Não tenho filhas moças e sou mau conhecedor da alma feminina. É verdade que confio muito em Biribuva, mas resido em um bairro perigoso. Na minha vizinhança há dois generais e um tabelião, e todos têm gatos. Gatos de general e gatos de tabelião são bichos manhosos, e experientes, como toda gente sabe. Se Biribuva fraquejar, teremos, em um ano, três gerações de gatinhos. Que fazer com eles?

Olho a graciosa Biribuva, ainda tão inocente e jovem, e estremeço em pensar essas coisas. Afogaremos seus filhinhos ou os abandonaremos na rua? Criar todos não será possível; minha casa é pequena e jornalista ganha muito pouco.

Biribuva, inteiramente despreocupada, corre para cá e para lá atrás da bola de pingue-pongue, por debaixo dos móveis. Levá-la para uma rua distante e abandoná-la? Seria preciso ter coração muito duro para fazer uma coisa dessas. Depois a verdade é que esta casa sem Biribuva ficaria tão sem graça, tão vulgar e tão vazia que não ousamos pensar nisso.

Que fazer? Faço crônicas: é exatamente tudo o que sei fazer, assim mesmo desse jeito que os senhores estão vendo. Os leitores queixam-se: Biribuva não interessa. Está bem, não tocarei mais no assunto. Mas no fundo os leitores é que não interessam. Querem que eu fale mal do governo ou bem das mulheres, como tenho costume. Entretanto olho para a condessinha de Biribuva, que está ali agora a coçar a orelha com a pata esquerda, e penso no seu destino humilde.

Meu amigo bêbado, que a recolheu da rua molhada, à meia-noite, criou para todos nós uma ternura – e um problema. Estamos num impasse: as forças secretas da vida preparam o mistério e o drama de Biribuva nos telhados do bairro.

*

Na verdade não preciso tocar mais no assunto.

Nossa perplexidade dolorosa findou. Biribuva sumiu ontem à noite e até hoje (são quatro da tarde) não voltou. Talvez tenha compreendido tudo com sua fina sensibilidade. Ficamos todos na sala, tristes, em silêncio, até que eu, como dono da casa, me julgasse obrigado a proferir a eterna frase imbecil: "foi melhor assim" – que é um bom fim de história.

Agosto, 1948

HISTÓRIAS DE ZIG

Um dia, antes do remate de meus dias, ainda jogarei fora esta máquina de escrever e, pegando uma velha pena de pato, me porei a narrar a crônica dos Braga. Terei então de abrir todo um livro e contar as façanhas de um deles que durou apenas onze anos, e se chamava Zig.

Zig – ora direis – não parece nome de gente, mas de cachorro. E direis muito bem, porque Zig era cachorro mesmo. Se em todo o Cachoeiro era conhecido por Zig Braga, isso apenas mostra como se identificou com o espírito da Casa em que nasceu, viveu, mordeu, latiu, abanou o rabo e morreu.

Teve, no seu canto de varanda, alguns predecessores ilustres, dos quais só recordo Sizino, cujos latidos atravessam minha infância, e o ignóbil Valente, que encheu de desgosto meu tio Trajano. Não sei onde Valente ganhou esse belo nome; deve ter sido literatura de algum Braga, pois hei de confessar que só o vi valente no comer angu. E só aceitava angu pelas mãos de minha mãe.

Um dia, tio Trajano veio do sítio... Minto! Foi tio Maneco. Tio Maneco veio do sítio e, conversando com meu pai na varanda, não tirava o olho do cachorro. Falou-se da safra, das dificuldades da lavoura...

— Ó Chico, esse cachorro é veadeiro.

Meu pai achava que não; mas, para encurtar conversa, quando tio Maneco montou sua besta, levou o Valente atrás de si com a coleira presa a uma cordinha. O sítio não tinha três léguas lá de casa. Dias depois meu tio levou a cachorrada para o mato, e Valente no meio. Não sei se matou alguma coisa; sei apenas que Valente sumiu. Foi a história que tio Maneco contou indignado a primeira vez que voltou no Cachoeiro; o cachorro não aparecera em parte alguma, devia ter morrido...

— Sem-vergonhão!

Acabara de ver o Valente que, deitado na varanda, ouvia a conversa e o mirava com um olho só.

Nesse ponto, e só nele, era Valente um bom Braga, que de seu natural não é povo caçador; menos eu, que ando por este mundo a caçar ventos e melancolias.

Houve, certamente, lá em casa, outros cães. Mas vamos logo ao Zig, o maior deles, não apenas pelo seu tamanho como pelo seu espírito. Sizino é uma lembrança vaga, do tempo de Quinca Cigano e da negra Iria, que cantava "O crime da caixa-d'água" e "No mar desta vida", em cujo mar afirmava encontrar às vezes "alguns escolhos", e eu tinha a impressão de que "escolhos" eram uns peixes ferozes piores que tubarão.

*

Ao meu pai chamavam de coronel, e não o era; a mim muitos me chamam de capitão, e não sou nada. Mas isso mostra que não somos de todo infensos ao militarismo, de maneira que não há como explicar o profundo ódio que o nosso bom cachorro Zig votava aos soldados em geral. A tese aceita em família é que devia ter havido, na primeira infância de Zig, algum soldado que lhe deu um pontapé. Haveria de ser um mau elemento das forças armadas da Nação, pois é forçoso reconhecer que mesmo nas forças armadas há maus elementos, e não apenas entre as praças de pré como mesmo entre os mais altos... mas isto aqui, meus caros, é uma crônica de reminiscências canino-familiares e nada tem a ver com a política.

Deve ter sido um soldado qualquer, ou mesmo um carteiro. A verdade é que Zig era capaz de abanar o rabo perante qualquer paisano que lhe parecesse simpático (poucos, aliás, lhe pareciam), mas a farda lhe despertava os piores instintos. O carteiro de nossa rua acabou entregando as cartas na casa de tia Meca. Volta e meia tínhamos uma "questão militar" a resolver, por culpa de Zig.

Tão arrebatado na vida pública, Zig era, entretanto, um anjo do lar. Ainda pequeno tomou-se de amizade por uma gata, e era coisa de elevar o coração humano ver como aqueles dois bichos dormiam juntos, encostados um ao outro. Um dia, entretanto, a gata compareceu com cinco mimosos gatinhos, o que surpreendeu profundamente Zig.

Ficou muito aborrecido, mas não desprezou a velha amiga e continuou a dormir a seu lado. Os gatinhos então começaram a subir pelo corpo de Zig, a miar interminavelmente. Um dia pela manhã, não aguentando mais, Zig segurou com a boca um dos gatinhos e sumiu com ele. Voltou pouco depois, e diante da mãe espavorida abocanhou pelo dorso outro bichinho e sumiu novamente. Apesar de todos os protestos da gata, fez isso com todas as crias. Voltou ainda, latiu um pouco e depois saiu na direção da cozinha. A gata seguiu-o, a miar desesperada. Zig subiu o morro, ela foi atrás. Em um buraco, lá no alto, junto ao cajueiro, estavam os cinco bichos, vivos e intactos. A mãe deixou-se ficar com eles e Zig voltou para dormitar no seu canto.

Estava no maior sossego quando a gata apareceu novamente, com todas as crias a miar atrás. Deitou-se ao lado de Zig, e novamente os bichinhos começaram a passear pelo seu corpo.

Um abuso inominável. Zig ficou horrivelmente aborrecido, e suspirava de cortar o coração, enquanto os gatinhos lhe miavam pelas orelhas. Subitamente abocanhou um dos bichos e sumiu com ele, desta vez em disparada. Em menos de cinco minutos havia feito outra vez a mudança, correndo como um desesperado morro abaixo e morro acima. Mas as mulheres são teimosas, e quando descobrem o quanto é fraco e mole um coração de Braga começam a abusar. O diabo da gata voltou ainda cinicamente com toda a sua detestável filharada. Previmos que desta vez Zig ia perder a paciência. O que fez, simplesmente, foi se conformar, embora desde então esfriasse de modo sensível sua amizade pela gata.

Mas não pensem, por favor, que Zig fosse um desses cães exemplares que frequentam as páginas de *Seleções*, somente capazes de ações nobres e sentimentos elevados, cães aos quais só falta falar para citarem Abraham Lincoln, e talvez Emerson. Se eu afirmasse isso, algumas dezenas de leitores de Cachoeiro de Itapemirim rasgariam o jornal e me escreveriam cartas indignadas, a começar pelo doutor Lofego, a quem Zig mordeu ignominiosamente, para vergonha e pesar do resto da família Braga.

*

De vez em quando aparecia lá em casa algum sujeito furioso a se queixar de Zig.

Assisti a duas dessas cenas: o mordido lá embaixo, no caramanchão, a vociferar, e minha mãe cá em cima, na varanda, a abrandá-lo. Minha mãe mandava subir o homem e providenciava o curativo necessário. Mas se a vítima passava além da narrativa concreta dos fatos e começava a insultar Zig, ela ficava triste: "Coitadinho, ele é tão bonzinho... é um cachorro muito bonzinho". O homem não concordava e ia-se embora ainda praguejando. O comentário de mamãe era invariável: "Ora, também... Alguma coisa ele deve ter feito ao cachorrinho. Ele não morde ninguém..."

"Cachorrinho" deve ser considerado um excesso de ternura, pois Zig era, sem o mínimo intuito de ofensa, mas apenas por amor à verdade, um cachorrão. E a verdade é que mordeu um número maior de pessoas do que o necessário para manter a ordem em Cachoeiro de Itapemirim. Evitávamos, por isso, que ele saísse muito à rua, e o bom cachorro (sim, no fundo era uma boa alma) gostava mesmo de ficar em casa; mas se alguém saía ele tratava de ir atrás.

Contam que uma de minhas irmãs perdeu o namorado por causa da constante e apavorante companhia de Zig.

Quanto à minha mãe, ela sempre teve o cuidado de mandar prender o cachorro domingo pela manhã, quando ia à missa. Às vezes, entretanto, acontecia que o bicho escapava; então descia a escada velozmente atrás das pegadas de minha mãe. Sempre de focinho no chão, lá ia ele para cima; depois quebrava à direita e atravessava a Ponte Municipal. Do lado norte trotava outra vez para baixo e em menos de quinze minutos estava entrando na igreja apinhada de gente. Atravessava aquele povo todo até chegar diante do altar-mor, onde oito ou dez velhinhas recebiam, ajoelhadas, a Santa Comunhão.

Zig se atrapalhava um pouco – e ia cheirando, uma por uma, aquelas velhinhas todas, até acertar com a sua dona. Mais de uma vez o padre recuou indignado, mais de uma vez uma daquelas boas velhinhas trincou a hóstia, gritou ou saiu a correr assustada, como se o nosso bom cão que a fuçava, com seu enorme focinho úmido, fosse o próprio Cão de fauces a arder.

Mas que alegria de Zig quando encontrava, afinal, a sua dona! Latia e abanava o rabo de puro contentamento, e não a deixava mais. Era um quadro comovente, embora irritasse, para dizer a verdade, a muitos fiéis. Que tinham lá suas razões, mas nem por isso ninguém me convence de que não fossem criaturas no fundo egoístas, mais interessadas em salvar suas próprias e mesquinhas almas do que em qualquer outra coisa.

Hoje minha mãe já não faz a longa e penosa caminhada, sob o sol de Cachoeiro, para ir ao lado de lá do rio assistir à missa. Atravessou a ponte todo domingo durante muitas e muitas dezenas de anos, e está velha e cansada. Não me admiraria saber que Deus, não recebendo mais sua visita, mande às vezes, por consideração, um santo qualquer, talvez Francisco de Assis, fazer-lhe uma visitinha do lado de cá, em sua velha casa verde; nem que o Santo, antes de voltar, dê uma chegada ao quintal para se demorar um pouco sob o velho pé de fruta-pão onde enterramos Zig.

Outubro, 1948

FLOR-DE-MAIO

Entre tantas notícias do jornal – o crime do Sacopã, o disco voador em Bagé, o andaime que caiu, o homem que matou outro com machado e com foice, o possível aumento do pão, a angústia dos Barnabés – há uma pequenina nota de três linhas, que nem todos os jornais publicaram. Não vem do gabinete do prefeito para explicar a falta d'água, nem do Ministério da Guerra para insinuar que o país está em paz. Não conta incidentes de fronteira nem desastre de avião. É assinada pelo senhor diretor do Jardim Botânico, e nos informa gravemente que a partir do dia 27 vale a pena visitar o Jardim, porque a planta chamada flor-de-maio está, efetivamente, em flor.

Meu primeiro movimento, ao ler esse delicado convite, foi deixar a mesa da redação e me dirigir ao Jardim Botânico, contemplar a flor e cumprimentar a administração do horto pelo feliz evento. Mas havia ainda muita coisa para ler e escrever, telefonemas a dar, providências a tomar. Agora, já desce a noite, e as plantas em flor devem ser vistas pela manhã ou à tarde, quando há sol – ou mesmo quando a chuva as despenca e elas soluçam no vento, e choram gotas e flores no chão.

Suspiro e digo comigo mesmo – que amanhã acordarei cedo e irei. Digo, mas não acredito, ou pelo menos desconfio que esse impulso que tive ao ler a notícia ficará no que foi – um impulso de fazer uma coisa boa e simples, que se perde no meio da pressa e da inquietação dos minutos que voam. Qualquer uma destas tardes é possível que me dê vontade real, imperiosa, de ir ao Jardim Botânico, mas então será tarde, não haverá mais flor-de-maio, e então pensarei que é preciso esperar a vinda de outro outono e no outro outono posso estar em outra cidade em que não haja outono em maio, e sem outono em maio não sei se em alguma cidade haverá essa flor-de-maio.

No fundo, a minha secreta esperança é de que estas linhas sejam lidas por alguém – uma pessoa melhor do que eu, alguma criatura correta e simples que tire desta crônica a sua única substância, a informação precisa e preciosa: do dia 27 em diante as flores-de-maio do Jardim Botânico estão gloriosamente em flor. E que utilize essa informação saindo de casa e indo diretamente ao Jardim Botânico ver a flor-de-maio – talvez com a mulher e as crianças, talvez com a namorada, talvez só.

Ir só, no fim da tarde, ver a flor-de-maio; aproveitar a única notícia boa de um dia inteiro de jornal, fazer a coisa mais bela e emocionante de um dia inteiro da cidade imensa. Se entre vós houver essa criatura, e ela souber por mim a notícia, e for, então eu vos direi que nem tudo está perdido, e que vale a pena viver entre tantos sacopãs de paixões desgraçadas e tantas Cofaps de preços irritantes; que a humanidade possivelmente ainda poderá ser salva, e que às vezes ainda vale a pena escrever uma crônica.

Rio, maio de 1952

A BORBOLETA AMARELA

Era uma borboleta. Passou roçando em meus cabelos, e no primeiro instante pensei que fosse uma bruxa ou qualquer outro desses insetos que fazem vida urbana; mas, como olhasse, vi que era uma borboleta amarela. Era na esquina de Graça Aranha com Araújo Porto Alegre; ela borboleteava junto ao mármore negro do Grande Ponto; depois desceu, passando em face das vitrinas de conservas e uísques; eu vinha na mesma direção; logo estávamos defronte da ABI. Entrou um instante no *hall*, entre duas colunas; seria um jornalista? – pensei com certo tédio.

Mas logo saiu. E subiu mais alto, acima das colunas, até o travertino encardido. Na rua México eu tive de esperar que o sinal abrisse; ela tocou, fagueira, para o outro lado, indiferente aos carros que passavam roncando sob suas leves asas. Fiquei a olhá-la. Tão amarela e tão contente da vida, de onde vinha, aonde iria? Fora trazida pelo vento das ilhas – ou descera no seu voo saçaricante e leve da floresta da Tijuca ou de algum morro – talvez o de São Bento? Onde estaria uma hora antes, qual sua idade? Nada sei de borboletas. Nascera, acaso, no jardim do Ministério da Educação? Não; o Burle Marx faz bons jardins, mas creio que ainda não os faz com borboletas – o que, aliás, é uma boa ideia. Quando eu o mandar fazer os jardins de meu palácio, direi: Burle, aqui sobre esses manacás, quero uma borboleta amare... Mas o sinal abriu e atravessei a rua correndo, pois já ia perdendo de vista a minha borboleta.

A minha borboleta! Isso, que agora eu disse sem querer, era o que eu sentia naquele instante: a borboleta era minha – como se fosse meu cão ou minha amada de vestido amarelo que tivesse atravessado a rua na minha frente, e eu devesse segui-la. Reparei que nenhum transeunte olhava a borboleta; eles passavam, devagar ou depressa, vendo vagamente outras coisas – as casas, os veículos ou se vendo –, só eu vira a borboleta, e a seguia, com meu passo fiel. Naquele ângulo há um jardinzinho, atrás da Biblioteca Nacional. Ela passou entre os ramos de acácia e de uma árvore sem folhas, talvez um *flamboyant*; havia, naquela hora, um casal de namorados pobres em um banco, e dois ou três sujeitos espalhados pelos outros bancos, dos quais uns são de pedra, outros de madeira, sendo que estes são pintados de azul e branco. Notei isso pela primeira vez, aliás, naquele instante, eu que sempre passo por ali; é que a minha borboleta amarela me tornava sensível às cores.

Ela borboleteou um instante sobre o casal de namorados; depois passou quase junto da cabeça de um mulato magro, sem gravata, que descansava num banco; e seguiu em direção à avenida. Amanhã eu conto mais.

*

Eu ontem parei a minha crônica no meio da história da borboleta que vinha pela rua Araújo Porto Alegre; parei no instante em que ela começava a navegar pelo oitão da Biblioteca Nacional.

Oitão, uma bonita palavra. Usa-se muito no Recife; lá, todo mundo diz: no oitão da igreja de São José, no oitão do teatro Santa Isabel... Aqui a gente diz: do lado. Dá no mesmo, porém oitão é mais bonito. Oitão, torreão.

Falei em torreão porque, no ângulo da Biblioteca, há uma coisa que deve ser o que se chama um torreão. A borboleta subiu um pouco por fora do torreão; por um instante acreditei que ela fosse voltar, mas continuou ao longo da parede. Em certo momento desceu até perto da minha cabeça, como se quisesse assegurar-se de que eu a seguia, como se me quisesse dizer: "estou aqui".

Logo subiu novamente, foi subindo, até ficar em face de um leão... Sim, há uma cabeça de leão, aliás há várias, cada uma com uma espécie de argola na boca, na Biblioteca. A pequenina borboleta amarela passou junto ao focinho da fera, aparentemente sem o menor susto. Minha intrépida, pequenina, vibrante borboleta amarela! pensei eu. Que fazes aqui, sozinha, longe de tuas irmãs que talvez estejam agora mesmo adejando em bando álacre na beira de um regato, entre moitas amigas – e aonde vais sobre o cimento e o asfalto, nessa hora em que já começa a escurecer, oh tola, oh tonta, oh querida pequena borboleta amarela! Vieste talvez de Goiás, escondida dentro de algum avião; saíste no Calabouço, olhaste pela primeira vez o mar, depois...

Mas um amigo me bateu nas costas, me perguntou "como vai, bichão, o que é que você está vendo aí?" Levei um grande susto, e tive vergonha de dizer que estava olhando uma borboleta; ele poderia chegar em casa e dizer: "encontrei hoje o Rubem, na cidade, parece que estava caçando borboleta".

Lembrei-me de uma história de Lúcio Cardoso, que trabalhava na Agência Nacional: um dia acordou cedo para ir trabalhar; não estava se sentindo muito bem. Chegou a se vestir, descer, andar um pouco junto da Lagoa, esperando condução, depois viu que não estava mesmo bem, resolveu voltar para casa, telefonou para um colega, explicou que estava gripado, até chegara a se vestir para ir trabalhar, mas estava um dia feio, com um vento ruim, ficou com medo de piorar – e demorou um pouco no bate-papo, falou desse vento, você sabe (era o noroeste) que arrasta muita folha seca, com certeza mais tarde vai chover etc., etc.

Quando o chefe do Lúcio perguntou por ele, o outro disse: "Ah, o Lúcio hoje não vem não. Ele telefonou, disse que até saiu de casa, mas no caminho encontrou uma folha seca, de maneira que não pôde vir e voltou para casa."

Foi a história que lembrei naquele instante. Tive – por que não confessar? – tive certa vergonha de minha borboletinha amarela. Mas enquanto trocava algumas palavras com o amigo, procurando despachá--lo, eu ainda vigiava a minha borboleta. O amigo foi-se. Por um instante julguei, aflito, que tivesse perdido a borboleta de vista. Não. De maneira que vocês tenham paciência; na outra crônica, vai ter mais história de borboleta.

*

Mas, como eu ia dizendo, a borboleta chegou à esquina de Araújo Porto Alegre com a avenida Rio Branco; dobrou à esquerda, como quem vai entrar na Biblioteca Nacional pela escada do lado, e chegou até perto da estátua de uma senhora nua que ali existe; voltou; subiu, subiu até mais além da copa das árvores que há na esquina – e se perdeu.

Está claro que esta é a minha maneira de dizer as coisas; na verdade, ela não se perdeu; eu é que a perdi de vista. Era muito pequena, e assim, no alto, contra a luz do céu esbranquiçado da tardinha, não era fácil vê-la. Cuidei um instante que atravessava a avenida em direção à estátua de Chopin; mas o que eu via era apenas um pedaço de papel jogado de não sei onde. Essa falsa pista foi que me fez perder a borboleta.

Quando atravessei a avenida ainda a procurava no ar, quase sem esperança. Junto à estátua de Floriano, dezenas de rolinhas comiam farelo que alguém todos os dias joga ali. Em outras horas, além de rolinhas, juntam-se também ali pombos, esses grandes, de reflexos verdes e roxos no papo, e alguns pardais; mas naquele momento havia apenas rolinhas. Deus sabe que horários têm esses bichos do céu.

Sentei-me num banco, fiquei a ver as rolinhas – ocupação ou vagabundagem sempre doce, a que me dedico todo dia uns 15 minutos. Dirás, leitor, que esse quarto de hora poderia ser mais bem aproveitado. Mas eu já não quero aproveitar nada; ou melhor, aproveito, no meio desta cidade pecaminosa e aflita, a visão das rolinhas, que me faz um vago bem ao coração.

Eu poderia contar que uma delas pousou na cruz de Anchieta; seria bonito, mas não seria verdade. Que algum dia deve ter pousado, isso deve; elas pousam em toda parte; mas eu não vi. O que digo, e vi, foi que uma pousou na ponta do trabuco de Caramuru. Falta de respeito, pensei. Não sabes, rolinha vagabunda, cor de tabaco lavado, que esse é Pai do Fogo, Filho do Trovão?

Mas essa conversa de rolinha, vocês compreendem, é para disfarçar meu desaponto pelo sumiço da borboleta amarela. Afinal arrastei o desprevenido leitor ao longo de três crônicas, de nariz no ar, atrás de uma borboleta amarela. Cheguei a receber telefonemas: "eu só quero saber o que vai acontecer com essa borboleta". Havia, no círculo das pessoas íntimas, uma certa expectativa, como se uma borboleta amarela pudesse promover grandes proezas no centro urbano. Pois eu decepciono a todos, eu morro, mas não falto à verdade: minha borboleta amarela sumiu. Ergui-me do banco, olhei o relógio, saí depressa, fui trabalhar, providenciar, telefonar... Adeus, pequenina borboleta amarela.

Rio, setembro de 1952

CAJUEIRO

O cajueiro já devia ser velho quando nasci. Ele vive nas mais antigas recordações de minha infância: belo, imenso, no alto do morro, atrás de casa. Agora vem uma carta dizendo que ele caiu. Eu me lembro do outro cajueiro que era menor, e morreu há muito mais tempo. Eu me lembro dos pés de pinha, do cajá-manga, da grande touceira de espadas-de-são-jorge (que nós chamávamos simplesmente "tala") e da alta saboneteira que era nossa alegria e a cobiça de toda a meninada do bairro, porque fornecia centenas de bolas pretas para o jogo de gude. Lembro-me da tamareira, e de tantos arbustos e folhagens coloridas, lembro-me da parreira que cobria o caramanchão, e dos canteiros de flores humildes, "beijos", violetas. Tudo sumira; mas o grande pé de fruta-pão ao lado de casa e o imenso cajueiro lá no alto eram como árvores sagradas protegendo a família. Cada menino que ia crescendo ia aprendendo o jeito de seu tronco, a cica de seu fruto, o lugar melhor para apoiar o pé e subir pelo cajueiro acima, ver de lá o telhado das casas do outro lado e os morros além, sentir o leve balanceio na brisa da tarde.

No último verão ainda o vi; estava como sempre carregado de frutos amarelos, trêmulo de sanhaços. Chovera; mas assim mesmo fiz questão de que Carybé subisse o morro para vê-lo de perto, como quem apresenta a um amigo de outras terras um parente muito querido.

A carta de minha irmã mais moça diz que ele caiu numa tarde de ventania, num fragor tremendo pela ribanceira; e caiu meio de lado, como se não quisesse quebrar o telhado de nossa velha casa. Diz que passou o dia abatida, pensando em nossa mãe, em nosso pai, em nossos irmãos que já morreram. Diz que seus filhos pequenos se assustaram; mas depois foram brincar nos galhos tombados.

Foi agora, em fins de setembro. Estava carregado de flores.

Setembro, 1954

OS TROVÕES DE ANTIGAMENTE

Estou dormindo no antigo quarto de meus pais; as duas janelas dão para o terreiro onde fica o imenso pé de fruta-pão, à cuja sombra cresci. O desenho de suas folhas recorta-se contra o céu; essa imagem das folhas do fruta-pão recortadas contra o céu é das mais antigas de minha infância, do tempo em que eu ainda dormia em uma pequena cama cercada de palhinha junto à janela da esquerda. A tarde está quente. Deito-me um pouco para ler, mas deixo o livro, fico a olhar pela janela. Lá fora, uma galinha cacareja, como antigamente. E essa trovoada de verão é tão Cachoeiro, é tão minha casa em Cachoeiro! Não, não é verdade que em toda parte do mundo os trovões sejam iguais. Aqui os morros lhe dão um eco especial, que prolonga seu rumor. A altura e a posição das nuvens, do vento e dos morros que ladeiam as curvas do rio criam essa ressonância em que me reconheço menino, assustado e fascinado pela visão dos relâmpagos, esperando a chegada dos trovões e depois a chuva batendo grossa lá fora, na terra quente, invadindo a casa com seu cheiro. Diziam que São Pedro estava arrastando móveis, lavando a casa; e eu via o padroeiro de nossa terra, com suas barbas, empurrando móveis imensos, mas iguais aos de nossa casa, no assoalho do céu – certamente também feito assim, de tábuas largas. Parece que eu não acreditava na história, sabia que era apenas uma maneira de dizer, uma brincadeira, mas a imagem de São Pedro de camisolão empurrando um grande armário preto me ficou na memória.

Nossa casa era bem bonita, com varanda, caramanchão e o jardim grande ladeando a rua. Lembro-me confusamente de alguns canteiros, algumas flores e folhagens desse jardim que não existe mais; especialmente de uma grande touceira de espadas-de-são-jorge que a gente chamava apenas de "talas"; e, lá no fundo, o precioso pé de saboneteira que nos fornecia bolas pretas para o jogo de gude. Era uma grande riqueza, uma árvore tão sagrada como o fruta-pão e o cajueiro do alto do morro, árvores de nossa família, mas conhecidas por muita gente na cidade; nós também não conhecíamos os pés de carambola das Martins ou as mangueiras do Dr. Mesquita?

Sim, nossa casa era muito bonita, verde, com uma tamareira junto à varanda, mas eu invejava os que moravam do outro lado da rua, onde as casas dão fundos para o rio. Como a casa das Martins, como a casa dos Leão, que depois foi dos Medeiros, depois de nossa tia, casa com varanda fresquinha dando para o rio. Quando começavam as chuvas a gente ia toda manhã lá no quintal deles ver até onde chegara a enchente. As águas barrentas subiam primeiro até a altura da cerca dos fundos, depois às bananeiras, vinham subindo o quintal, entravam pelo porão. Mais de uma vez, no meio da noite, o volume do rio cresceu tanto que a família defronte teve medo. Então vinham todos dormir em nossa casa. Isso para nós era uma festa, aquela faina de arrumar camas nas salas, aquela intimidade improvisada e alegre. Parecia que as pessoas ficavam todas contentes, riam muito; como se fazia café e se tomava café tarde da noite! E às vezes o rio atravessava a rua, entrava pelo nosso porão, e me lembro que nós, os meninos, torcíamos para ele subir mais e mais. Sim, éramos a favor da enchente, ficávamos tristes de manhãzinha quando, mal saltando da cama, íamos correndo para ver que o rio baixara um palmo – aquilo era uma traição, uma fraqueza do Itapemirim. Às vezes chegava alguém a cavalo, dizia que lá para cima, pelo Castelo, tinha caído chuva muita, anunciava água nas cabeceiras, então dormíamos sonhando que a enchente ia outra vez crescer, queríamos sempre que aquela fosse a maior de todas as enchentes.

E naquelas tardes as trovoadas tinham esse mesmo ronco prolongado entre morros, diante das duas janelas do quarto de meus pais; eles trovejavam sobre nosso telhado e nosso pé de fruta-pão, os grandes, grossos trovões familiares de antigamente, os bons trovões do velho São Pedro.

Cachoeiro, dezembro, 1958

APARECEU UM CANÁRIO

Mulher, às vezes aparece alguma; vêm por desfastio ou imaginação, essas voluntárias; não voltam muitas vezes. Assusta-as, talvez, o ar tranquilo com que as recebo, e a modéstia da casa. Passarinho, desisti de ter. É verdade, eu havia desistido de ter passarinhos; distribuí-os pelos amigos; o último a partir foi o corrupião "Pirapora", hoje em casa do escultor Pedrosa. Continuo a jogar, no telhado de minha água-furtada, pedaços de miolo de pão. Isso atrai os pardais; não gosto especialmente de pardais, mas também não gosto de miolo de pão. Uma vez ou outra aparecem alguns tico-ticos; nas tardes quentes, quando ameaça chuva, há um cruzar de andorinhas no ar, em voos rasantes sobre o telhado do vizinho. Vem também, às vezes, um casal de sanhaços; ainda esta manhã, às 5h15, ouvi canto de sanhaço lá fora; frequentam ou uma certa antena de televisão (sempre a mesma) ou o pinheiro-do-paraná que sobe, vertical, até minha varanda. Fora disso, há, como em toda parte, bem-te-vis; passam gaivotas, mais raramente urubus. Quando me lembro, mando a empregada comprar quirera de milho para as rolinhas andejas.

Mas a verdade é que um homem, para ser solteiro, não deve ter nem passarinho em casa; o melhor de ser solteiro é ter sossego quando se viaja; viajar pensando que ninguém vai enganar a gente nem também sofrer por causa da gente; viajar com o corpo e a alma, o coração tranquilo.

Pois nesse dia eu ia mesmo viajar para Belo Horizonte; tinha acabado de arrumar a mala, estava assobiando distraído, vi um passarinho pousar no telhado. Pela cor não podia ser nenhum freguês habitual; fui devagarinho espiar. Era um canário; não um desses canarinhos-da-terra que uma vez ou outra ainda aparece um, muito raro, extraviado, mas um canário estrangeiro, um *roller*, desses nascidos e criados em gaiola. Senti meu coração bater quase com tanta força como se me tivesse aparecido uma dama loura no telhado. Chamei a empregada: "Vá depressa comprar uma gaiola, e alpiste..."

Quando a empregada voltou, o canarinho já estava dentro da sala; ele e eu, com janelas e portas fechadas. Se quiserem que explique o que fiz para que ele entrasse eu não saberei. Joguei pedacinhos de miolo de pão na varanda; assobiei para dentro; aproximei-me do telhado bem devagarinho, longe do ponto em que ele estava, murmurei muito baixo: "Entra, canarinho..." Pus um pires com água ali perto. Que foi que o atraiu? Sei apenas que ele entrou; suponho que tenha ficado impressionado com meus bons modos e com a doçura de meu olhar.

Dentro da sala fechada (fazia calor, estava chegando a hora de eu ir para o aeroporto) ficamos esperando a empregada com a gaiola e o alpiste. O que fiz para que ele entrasse na gaiola também não sei; andou pousado na cabeça de Baby, a finlandesa (terracota de Ceschiatti); fiquei completamente imóvel, imaginando – quem sabe, a esta hora, em Paris ou onde andar, a linda Baby é capaz de ter tido uma ideia engraçada, por exemplo: "Se um passarinho pousasse em minha cabeça..."

Depois desceu para a estante, voou para cima do bar. Consegui colocar a gaiola (com a portinha aberta, presa por um barbante) bem perto dele, sem que ele o notasse; andei de quatro, rastejei, estalei os dedos, assobiei – venci. Quando telefonei para o táxi ele já tinha bebido água e comido alpiste, e estava tomando banho. Dias depois, quando voltei de Minas, ele estava cantando que era uma beleza.

Está cantando, neste momento. Por um anel de chumbo que tem preso à pata já o identifiquei, telefonando para a Associação dos Criadores de *Rollers*; nasceu em 1959 e seu dono mudou-se para Brasília. Naturalmente deixou-o de presente para algum amigo, que não soube tomar conta dele. (Seria o milionário assassinado da Toneleros? Um dos assaltantes carregou dois canários e depois os soltou, com medo.)

Está cantando agora mesmo; como canta macio, melodioso, variado, bonito... Agora para de cantar e fica batendo as asas de um modo um pouco estranho. Telefono para um amigo que já criou *rollers*, pergunto o que isso quer dizer. "Ele está querendo casar, homem: é a primavera..."

Casar! O verbo me espanta. Tão gracioso, tão pequenininho, e já com essas ideias!

Abano a cabeça com melancolia; acho que vou dar esse passarinho à minha irmã, de presente. É pena, eu já estava começando a gostar dele; mas quero manter nesta casa um ambiente solteiro e austero; e se for abrir exceção para uma canarinha estarei criando um precedente perigoso. Com essas coisas não se brinca. Adeus, canarinho.

Maio, 1960

O PROTETOR DA NATUREZA

Uma esquadrilha de aviões a jato passou assobiando, zunindo. Depois vieram aviões comuns, em formação, com seus motores roncando. Pareciam morosos como carros de boi. Os outros eram apenas alguns pontos negros no horizonte.

Onde iriam com tanta pressa?, perguntou o homem parado e triste, que olhava de sua janela. Pensou em fazer a barba, mas deixou para mais tarde. Lentamente atravessou o quarto, sentou-se numa cadeira e ficou olhando a paisagem sem graça. Um pardal pousou na janela e partiu logo, com seu ar apressado e vulgar de passarinho urbano. O homem pegou um jornal e leu a primeira notícia que lhe caiu sob os olhos: o secretário de Agricultura assinou portaria designando o professor do ensino secundário padrão "O", Fernando Rodrigues Vaubert, para membro da Comissão de Proteção à Natureza.

O homem, que jamais tivera um cargo público, sentiu, pela primeira vez, inveja de uma nomeação. Sim, gostaria de dizer, quando lhe perguntassem a profissão: "Eu sou protetor da Natureza". E diria de tal maneira que "protetor" sairia humildemente, com minúscula, e "Natureza" solenemente, com maiúscula. Procuraria agir por meios suasórios, por exemplo:

"Eu sei que vocês vivem honradamente. Gastam muito tempo e esforço caçando borboletas nas matas da Tijuca e depois mostram grande habilidade e senso artístico compondo essas paisagens com asas de borboletas em pratos e bandejas.

Esta aqui, por exemplo, está linda; sim, é extraordinário o azul deste céu, nem o próprio céu verdadeiro jamais teve um azul assim. Isto é... bem, você tem o costume de olhar o céu? A verdade é que nunca se pode dizer com toda certeza: 'Não existe um céu desta cor'. Tenho visto coisas surpreendentes no céu. Não, meus amigos, não estou me referindo aos aviões a jato que passaram esta manhã. Falo do céu mesmo, feito de ar, de nuvens, de luz. Mas eu ia dizendo: as borboletas são lindas, não acham? Mas se vocês as matam, aos bandos, ou pagam a meninos para matá-las, um dia não haverá mais borboletas, não é verdade? E não havendo mais

43

borboletas não haverá pratos de borboletas, nem pires de borboletas, nem caixas com tampas de borboletas, nem pessoas que vivem de matar borboletas – sim, porque existem pessoas bastante cruéis, insensíveis, gananciosas, para viver à custa de borboletas – é horrível, não é? Matar borboletas para viver – não sei o que essas pessoas sentem, talvez em sonhos elas vejam borboletas azuis e amarelas, talvez, quando morrem, seus caixões sejam acompanhados por borboletas – ah, desculpem, meus amigos, não quero magoar ninguém, apenas acontece que acho lindas as borboletas, mas não tenho o intuito de aborrecer pessoa alguma, pelo contrário, acho que as pessoas também fazem parte da Natureza e é preciso, é preciso proteger a Natureza..."

HAVIA UM PÉ DE ROMÃ

Se uma criança pudesse fazer o mapa de uma cidade – pensava eu, olhando o pé de romã –, ele teria menos casas e mais árvores e bichos. A romã, por exemplo, está estritamente ligada à carambola, na minha coreografia íntima. Eu conhecia essas árvores de um só quintal da cidade; eram como que uma propriedade específica de certa família amiga.

Nossa própria casa tinha alguma importância devido à fruta-pão e aos cajus, mas, do ponto de vista infantil, sua grande riqueza estava na saboneteira, árvore que produz a baleba ou bola-de-gude, ou bolinha--preta. Cinco dessas bolinhas-pretas eram trocáveis por uma de vidro, dessas que se compram nas lojas; essa taxa de câmbio é, mais ou menos, de 1923; talvez já não vigore hoje. Para nós, da casa, a saboneteira era uma riqueza natural, uma qualidade intrinsecamente nossa, de nossa família; algo assim confusamente como um baronato. Naturalmente não éramos a mais rica família da cidade; havia, por exemplo, a chácara do dr. Mesquita, que tinha mangas soberbas, defendidas por imensos cachorros. Mesmo saboneteira havia uma, talvez mais famosa que a nossa, no sobrado do Machadão, onde era o telégrafo, e onde também morava nossa professora; sobradão cauteloso, pois a calçada da rua, ao chegar a ele, subia uns dois metros de um lado e descia do outro, de maneira a que nem o térreo pudesse ser atingido por uma enchente do rio.

Uma das árvores que tinha mais prestígio era uma oliveira. Era só um pé, e estava nos altos do Jardim Público, perto do chamado Banco dos Amores. Não dava frutos. Não sei quem teve a fantasia de plantá-la em lugar e clima tão impróprios, mas de algum modo era importante haver em nossa cidade uma oliveira, árvore que produz azeitonas, azeitonas que produzem azeite; tudo isso era cultura para nossa infância.

Fiquei comovido quando soube que a nossa palmeira ao lado da varanda era uma tamareira; também era importante possuir uma tamareira, embora as tâmaras fossem insignificantes. Um tio nosso tinha prestígio devido ao cajá-manga; outro, morador longe, na Vila, devido aos jambos.

Havia as frutas sem dono, vulgares: mamão, goiaba, araçá, jenipapo, ingá. Mas que prestígio tinham as romãzeiras da casa das Martins!

A gente gostava mais de carambola, mas a romãzeira, como era linda a flor! A fruta se rachava de madura no começo do verão...

Penso em muitas coisas aqui, neste chuvoso domingo, olhando um pé de romã no quintal de uma cidade estranha; em mais coisas do que jamais conviria lembrar na manhã de um domingo chuvoso, depois de tudo o que houve, e o que não houve, no tempo que passou.

O VENTO QUE VINHA TRAZENDO A LUA

Eu estava no apartamento de um amigo, no Posto 6, e quando cheguei à janela vi a Lua: já havia nascido toda e subido um pouco sobre o horizonte marinho, avermelhada. Meu amigo fora lá dentro buscar alguma coisa e eu ficara ali, sozinho, naquela janela, presenciando a ascensão da Lua cheia.

Havia certamente todos os ruídos da cidade lá embaixo, havia janelas acesas de apartamentos. Mas a presença da Lua fazia uma espécie de silêncio superior de majestade plácida; era como se Copacabana regressasse ao seu antigamente sem casas, talvez apenas alguma cabana de índio humilde entre cajueiros e pitangueiras e árvores de mangue, talvez nem cabana de índio nenhum, índio não iria morar ali sem ter perto água doce. Mas dava essa impressão de coisa antiga, esse mistério remoto. Era um acontecimento silencioso e solene pairando na noitinha e no tempo, alguma coisa que irmana o homem e o bicho, a árvore e a água – a Lua...

Foi então que passou por mim a brisa da terra; e essa brisa que esbarrava em tantos ângulos de cimento para chegar até mim ainda tinha, apesar de tudo, um vago cheiro de folhas, um murmúrio de grilos distantes, um segredo de terra anoitecendo.

E pensei em uma pessoa; e sonhei que poderíamos estar os dois juntos, vendo a ascensão da Lua; deslembrados, inocentes, puros, na doçura da noitinha como dois bichos mansos vagamente surpreendidos e encantados perante o mistério e a beleza eterna da Lua.

Dezembro, 1990

Uma árvore junto ao mar

O RIO

    É preciso clamar contra as barbaridades que fazem os prefeitos contra a beleza do Rio. E não creio que isso seja um assunto municipal. Enfeiar a cidade e a Guanabara é um crime contra a beleza nacional. Quem já viajou alguma coisa pelo Brasil sabe que o Rio continua sendo um de seus lugares mais lindos. Há uma certa tendência romântica em nós outros, homens do interior, a dizer que não há lugar mais bonito que certa serra não sei de onde, ou certa praia, ou cachoeira. A mesma tendência que leva muitas pessoas a dizer que não há moças tão bonitas como as de Piancó ou Cajuvari.

    Há, sim senhor. Soltemos a lindíssima pequena de Cajuvari na praia de Copacabana, em um domingo de sol, e pode ser que ela continue bonita; mas não abafa ninguém. Vindas do asfalto ou saídas da sombra das barracas começam a aparecer mulheres tão surpreendentes que o mais bairrista cidadão cajuvariano sente um choque nos olhos e um aperto na garganta. É que, além da produção local, o Rio atrai milhares de belezas de todos os cajuvaris deste mundo e do outro. Assim a paisagem, na sua variedade sensacional, é de uma generosidade milionária. Morando anos no Rio a gente de repente se assusta e comove com a beleza do Rio. Linda à primeira vista a cidade tem sempre a surpresa de um encanto novo. É uma cidade loira e morena, de olhos azul-cobalto, negros como a asa da graúna, verdes como o verde-mar, e castanhos irisados, esgalga, roliça, de nobres coxas longas, com doçuras guaranis, assanhada e triste – e contra ela não prevalece nenhum luar do sertão nem lá na serra altaneira donde a cachoeira – não, nada prevalece contra esse milagre comovente de beleza que é o Rio de Janeiro.

    Mas que mulher maltratada! Unhas sujas, pele manchada, cabelos tosados, mau hálito... Tanto na lagoa Rodrigo de Freitas como na avenida Beira-Mar, esse mau hálito da paisagem nos faz sucumbir. O Leblon, praia aberta de mar livre, tem para quem se lança n'água as piores surpresas do mais imundo esgoto. Botafogo perde com um aterro em sua curva que era um milagre de beleza – e cheira mal.

    Agora enchem a baía de mais entulho. Os homens que planejam essas coisas são às vezes uns maníacos perigosos, cujos nervos se irritam com a beleza das coisas de Deus – e se metem a rabiscar de maneira ignóbil o desenho traçado, como no velho soneto, pela própria mão divina.

Deus jogou aqui essas linhas, cores e volumes num desperdício de milagres e se a composição de longe é linda, de perto ela nos abafa com detalhes de sonho. Vivemos dentro de um quadro de gênio, e nosso único dever é trazê-lo limpo.

24 de fevereiro de 1949

O BRASIL ESTÁ SECANDO

Mas recolho, em Cachoeiro, uma grande melancolia: minha terra está secando. Este último meio de ano até que foi dos melhores ultimamente: houve chuvas, os pastos estão verdes, e meu amigo Gil Gonçalves, inspetor da Carteira Agrícola do Banco do Brasil, que vive a correr essas fazendas e sítios, tem esperança de que as coisas na lavoura andem bem. Mas a seca de que falo não é um problema anual. É uma desgraça que vem vindo devagar e sempre; os cursos d'água estão mirrando, e alguns já sumiram. Adelson Moreira levou outro dia os filhos a passar uma tarde de sábado junto ao córrego do Itabira. Esse córrego frio e cristalino, de água puríssima, que nascia junto à grande pedra, é uma das lembranças líricas da minha infância, e seguramente, também, da infância de Adelson. Lembro-me de que há uns vinte e tantos anos houve um prefeito que teve a ideia de canalizar aquela água tão leve e limpa, trazê-la até nossas torneiras. Pois ele secou...

Nasci a dez metros da margem direita do córrego Amarelo, e a menos de cem metros da margem direita do rio Itapemirim, onde ele se lança. Mudei depois para a margem esquerda do córrego; e uma grande parte de minha infância foi passada ali, a pescar piabas, carás, bagres, moreias, camarões e lagostins, às vezes até mesmo um piauzinho vermelho que entrava pelo córrego; o Amarelo foi o nosso primeiro amigo de infância, só depois sumimos pelo rio e pelo mar. Um pouco acima de nossa casa estava o açude que ele formava e para onde a gente escorregava do alto do morro em folhas de pita. Fui visitar esse amigo remoto e querido: está ignóbil. Cortou-me o coração ver aquele fiozinho indeciso de água, a pobre laminha que é quase apenas um esgoto aberto para as casas das margens. Uma daquelas eternas italianas que têm sua lavoura e criam suas galinhas lá para cima do Amarelo contou a um amigo que tinha sido obrigada a cavar uma cacimba no leito do ribeirão...

Mas para que procurar os córregos da infância? Aqui está nosso rio, dividindo a cidade, cruzado por cinco pontes. Ele era navegável até Cachoeiro (o primeiro trecho encachoeirado) e ainda ressoam no fundo de minha infância os apitos dos vaporzinhos São Luís e São Simão. Ah, como está velho, quanto mirrou seu belo corpo de água, que imenso esqueleto de pedras ele expõe ao sol! Ele é o nosso rio, a razão de nossa existência como cidade; nascemos dele e dele vivemos. Agora o pobre ainda dá água para nossas casas, mas nem aguenta mais dar toda a luz e energia de que precisamos. Vejo do lado norte uma construção estranha: me explicam que é uma usina a óleo, que veio ajudar com sua força o pobre rio desmerecido. Algumas de suas ilhas não são mais ilhas – amarga-me na boca a doçura dos ingás de antigamente...

Sei que não é Cachoeiro, não é o sul do Espírito Santo, é muito pior, é o Brasil que está secando. Discutam vocês o problema; eu, por mim, apenas resmungo minhas pobres melancolias.

Setembro, 1956

COISAS DO BRASIL

Não tenho memória para números; se não tomo nota na hora, adeus. E fui ao Recife atrás de cajus, e não de reportagem. Mas, mesmo sem números, contarei duas histórias: um erro e um acerto pernambucano. O erro está na destruição dos cajueiros. A árvore é nativa e ocupa grandes extensões. De ano a ano desaparecem alguns milhares, em virtude principalmente de loteamentos e de corte para lenha. O professor Nelson Chaves, que entende de nutrologia, disse que o caju é uma das maiores fontes de vitamina C do mundo, e contém ainda outras vitaminas, e sua castanha é muito rica em proteínas; além disso, a casca da árvore tem emprego medicinal. Fazer lenha disso tudo é feroz.

Em Portugal cortar ou danificar sobreiro, a árvore da cortiça, é, pelo que me disseram, crime – ainda que o faça o dono da árvore. Por que não defender com uma lei especial os cajueiros?

Mas o Brasil também anda para a frente. Visitamos, perto de Olinda, a fábrica de fosfato. Até há pouco o Brasil não produzia nenhum, era obrigado a importá-lo do norte da África e de outros lugares. Depois o minério foi descoberto ali quase à flor da terra, junto do porto. Instalou-se a usina, que logo cobriu o consumo nacional desse adubo. Acontece que o consumo nacional dobrou como por milagre, mas a indústria acompanha esse aumento. Podemos aumentar a produtividade da terra sem gastar divisas; além disso, a Petrobras nos promete para breve fertilizantes de outro tipo.

Duas indústrias puramente nacionais, uma particular, outra do governo, contribuindo para que se eleve o nível de produção de nossa lavoura. São coisas que fazem a gente ter esperança no brasileiro – esse miserável capaz de cortar a árvore do caju para apurar um dinheirinho de lenha.

16 de dezembro de 1958

OS HOMENS PRÁTICOS

Numa entrevista que me deu, e que só vai sair daqui a uns quinze dias, no *Mundo Ilustrado*, Augusto Ruschi falou de um beija-flor que ele capturou, outro dia, no Espírito Santo, e que não existia antes em nosso estado, só na Bahia e no Nordeste. Um bichinho lindo, com a cabeça vermelha e verde.

Mas Ruschi me avisou que a presença daquele beija-flor no Espírito Santo era mau sinal: o *Chrysolampis mosquitus* é um morador de caatingas, de zonas semiáridas. Isso quer dizer que o sertão, com sua seca, está descendo até o sul do rio Doce.

O grande naturalista capixaba fez, há pouco, em Vitória, uma conferência em que revelou que o Espírito Santo possuía em 1926 cerca de 25 mil km² de florestas virgens; em 1954, apenas 2 mil... É o progresso, naturalmente. Mas esse progresso imediato tem sido feito sem qualquer pensamento no futuro. Estamos destruindo nossas riquezas a curto prazo e criando o deserto. Fala-se em reflorestamento, Ruschi sorri: "um hectare reflorestado custa 20 mil cruzeiros ao fim de cinco anos, enquanto ainda os estados possuem matas para serem vendidas a sessenta cruzeiros o hectare..."

Alguma coisa o naturalista conseguiu, foi a criação de reservas florestais com todos os tipos de floras do Espírito Santo. Ficaremos, pelo menos, com uma lembrança de nossa terra como ela foi. Um dia ainda plantaremos peroba para cortar cinquenta anos depois, ou jacarandá para ser aproveitado dentro de um século; na Finlândia um pinheiro só pode ser abatido aos 130 anos, e o finlandês continua a plantar pinheiros.

O pior é que em muitos casos a criação do deserto é irreversível; a terra morre, os rios secam. Ruschi conhece os rios do Espírito Santo, e eu também. O meu Itapemirim deixou que um navio do Loide fosse até Cachoeiro para a inauguração da fábrica de cimento; Pedro II subiu em barco o Santa Maria da Vitória até Cachoeiro de Santa Leopoldina, hoje esse rio é pouco menos que um córrego. Com o desflorestamento as chuvas tornam-se irregulares e a erosão entope os leitos dos rios. Entre

Colatina e Aimorés, às margens do rio Doce, onde eu vi há uns 25 anos a mais bela e majestosa das florestas, fui encontrar, há uns quatro anos atrás, uma espécie de caatinga esbranquiçada e melancólica.

Ruschi avisa que duzentas espécies de nossa fauna e cerca de trezentas de nossa flora já desapareceram para sempre. Milhares de outras estão em vias de extinção. É reagir agora ou nunca. Ele fundou, ambicioso, uma Sociedade Brasileira de Proteção à Natureza, para funcionar em todos os municípios do Brasil. É um sonho. Os homens práticos não lhe dão nenhuma atenção; os homens práticos são os fabricantes de desertos...

21 de fevereiro de 1959

A TARTARUGA

Moradores de Copacabana, comprai vossos peixes na Peixaria Bolívar, rua Bolívar, 70, de propriedade do Sr. Francisco Mandarino. Porque eis que ele é um homem de bem.

O caso foi que lhe mandaram uma tartaruga de cerca de 150 quilos, dois metros e (dizem) duzentos anos, a qual ele expôs em sua peixaria durante três dias e não a quis vender; e a levou até a praia, e a soltou no mar.

Havia um poeta dormindo dentro do comerciante, e ele reverenciou a vida e a liberdade na imagem de uma tartaruga.

*

Nunca mateis a tartaruga.

Uma vez, na casa de meu pai, nós matamos uma tartaruga. Era uma grande, velha tartaruga do mar que um compadre pescador nos mandara para Cachoeiro.

Juntam-se homens para matar uma tartaruga, e ela resiste horas. Cortam-lhe a cabeça, ela continua a bater as nadadeiras. Arrancam-lhe o coração, ele continua a pulsar. A vida está entranhada nos seus tecidos com uma teimosia que inspira respeito e medo. Um pedaço de carne cortado, jogado ao chão, treme sozinho, de súbito. Sua agonia é horrível e insistente como um pesadelo.

De repente os homens param e se entreolham, com o vago sentimento de estar cometendo um crime.

*

Moradores de Copacabana, comprai vossos peixes na Peixaria Bolívar, de Francisco Mandarino, porque nele, em um momento belo de sua vida vulgar, o poeta venceu o comerciante. Porque ele não matou a tartaruga.

Rio, julho, 1959

A ÁRVORE

Assisti, de minha varanda, a um crime de morte: a vítima devia ter 20 ou 25 anos. Era uma bela árvore de copa redonda, no terreno junto à praia, onde havia antes uma casinha verde. A casa já fora derrubada, mas a árvore durou ainda algumas semanas, como se os criminosos, antes de matá-la, resolvessem passar ainda algum tempo gozando a sua sombra imensa.

Assisti à queda; os homens gritaram, ela estremeceu toda e houve primeiro como um gemido do folhame, depois um baque imenso, um fragor surdo; no mar, uma grande onda arrebentou; e o mar e a árvore pareceram estrondar e depois chorar juntos. Houve como um pânico no ar, pássaros voaram, janelas se abriram; e a grande ramaria ficou tremendo, tremendo.

Anteontem e ontem os homens passaram o tempo a cortar os galhos, esquartejando a morta para poder retirá-la; o tronco mutilado ainda está lá, com uma dignidade dolorosa de estátua de membros partidos.

De minha varanda eu vi tudo, em silêncio. Entrei para a sala, senti vontade de tomar um trago forte, roído por uma secreta humilhação, por não haver protestado. Ah, seria preciso ser um grande bêbado, ou um grande louco, ou um grande rei, para protestar.

Seria preciso ser um grande rei para castigar o crime e salvar uma árvore junto ao mar!

13 de outubro de 1961

NÃO MATEM O JACU-VERDE!

Presidente Costa e Silva.

Venho, por meio desta, fazer-lhe um apelo que tanto pode ser considerado gaiato como patético – isso depende da mentalidade do leitor: não deixe que matem o jacu-verde!

Vou-lhe explicar, senhor presidente. Se aí na biblioteca do Palácio houver o livro *Ornitologia brasiliense*, de Olivério Mário de Oliveira Pinto, editado pelo Departamento de Zoologia da Secretaria de Agricultura de São Paulo, será fácil ver, entre as páginas 176 e 177 do primeiro volume, uma estampa a cores, de T. Meissner, dessa bela ave, também chamada de aracuã ou aracuão (nome dado igualmente a outras espécies), e cujo nome científico é *Neomorphus geoffroyi dulcis* Snethlage. Na página 176 há cinco desenhos a traço, de Joaquim Franco de Toledo, documentando alguns detalhes característicos da espécie. É uma ave de penacho curto e cauda longa, linda de desenho e de colorido, o dorso verde e azul-ferrete, o corpo ora ruivo, ora cor de vinho ou de ferrugem, o bico amarelo...

O jacu-verde, senhor presidente, é uma espécie que nunca foi muito espalhada e, nos últimos vinte anos, só foi vista, e muito raramente, perto da lagoa de Juparanã, na margem esquerda do rio Doce, no Espírito Santo. A devastação que tem havido nas florestas do rio Doce, tanto em Minas como no Espírito Santo, já ocasionou o desaparecimento de numerosas espécies animais e vegetais. São exemplares da flora e da fauna que, em muitos casos – como o jacu-verde – só existem ali, e uma vez extintos ali, desaparecem para sempre da face da Terra.

Nossa geração terá o direito de destruir para sempre essas formas de vida animais e vegetais que encontrou na face do planeta e que nem sequer foram todas estudadas e nem mesmo identificadas? Nas reservas de proteção da fauna e da flora existentes no Espírito Santo, há cerca de 20 mil espécies botânicas, setecentas espécies de aves e 154 de mamíferos, para citar apenas isso; são as últimas reservas sub-higrófilas existentes em todo o mundo. Isso representa uma herança que interessa a toda a humanidade e a nós, brasileiros, particularmente, pois é impossível prever os benefícios de toda ordem que poderão advir do estudo de todas essas espécies.

A Companhia Vale do Rio Doce, já em meados do ano passado, anunciava que ia derrubar 17 mil hectares de mata virgem em Linhares, no Espírito Santo, para extrair madeira para dormentes, e para isso comprara as florestas a particulares. Pois, além desse crime, permitido pelas leis florestais, pretende a companhia destruir uma ou algumas das reservas oficiais, existentes graças aos esforços dos naturalistas Mello Leitão e Augusto Ruschi. Por seu lado a Acesita, que já derrubou imensas áreas de matas virgens de Minas, está agora destruindo as que comprou a particulares em Aracruz, no Espírito Santo.

A Vale do Rio Doce está de olho, inicialmente, na Reserva Florestal de Barra Seca, prometendo para isso entregar à Assembleia Legislativa do estado o Clube Cauê, de Vitória.

Será que o homem brasileiro não tem capacidade, senhor presidente, de atender a certas necessidades imediatas de sua economia sem sacrificar um patrimônio de valor inestimável, transcendente, irrecuperável? O sórdido cálculo de um engenheiro qualquer, que estima metros cúbicos de dormentes e de lenha, e do particular que traduz tudo imediatamente em cruzeiros – isso valerá contra o interesse superior e permanente da nação e da humanidade? O jacu-verde é o símbolo de todo um mundo que estamos destruindo para sempre, como bárbaros irresponsáveis. Senhor presidente: não deixe que matem o jacu-verde!

29 de julho de 1967

ADEUS A AUGUSTO RUSCHI

Um menino apaixonado pela beleza das orquídeas, que ele desenhava com lápis de cor em seu caderno. Esse menino viu um dia um beija-flor polinizar uma certa orquídea, e foi assim que começou a desenhar e a colecionar também beija-flores. É fácil imaginar que esse rapazola seria um homem contemplativo, cultivando a arte ou a poesia.

Ele teve a sorte de ser encaminhado, logo ao deixar o ginásio, ao Museu Nacional, onde encontrou quem o levasse ao estudo da natureza. Começou a aprender o nome latino, erudito, dos bichos e das plantas que tão bem conhecia; aquele beija-flor "balança-rabo-do-bico--preto" era o *Plaetornis nigrirostri*, e a orquídea parecida com um candelabro era a *Neoregelia punctatissima*. Acordando pela madrugada para se meter na floresta, Augusto Ruschi gastava horas infindáveis, solitário, nessa observação apaixonada. Levava depois para o laboratório o material que desejava estudar, e o examinava ao microscópio. Tinha certamente uma existência ideal, tranquila, recolhida, sempre vivendo, como viveu a vida inteira, na casa antiga de seus pais.

Quis o destino que esse homem tão arredio da política passasse uma boa parte de sua vida em campanhas e lutas – exatamente para defender aquela natureza que ele estudava com tanta sensibilidade e paixão. Acompanhei Augusto Ruschi em algumas dessas lutas e vi como se mobilizavam contra ele a ganância e a estupidez de grandes empresas nacionais e internacionais. Hoje todo mundo fala em ecologia; naquele tempo Ruschi era um lutador quase solitário, enfrentando interesses de políticos e industriais com um destemor, uma arrogância, uma paixão admiráveis.

Ele perdeu algumas dessas batalhas – mas ganhou a grande guerra de sua vida. As empresas que ele não conseguiu deter tiveram de levar em conta de algum modo a força de sua pregação.

Cada dia que passa aumenta a consciência coletiva de que ele estava com a razão ao lutar contra a estúpida poluição do ar e do mar de Vitória pela errada localização de seu porto e de sua indústria de minério e a destruição de florestas pelas grandes companhias.

Fui uma última vez a Santa Teresa me despedir do amigo que morreu. Ele quis ser enterrado bem dentro da mata que tanto amou, junto a uma cachoeira. Seu corpo ficou ali, entre orquídeas e bromélias. Quanto à alma, certamente aconteceu o que ele previa com um sorriso ao mesmo tempo irônico e melancólico: os beija-flores a levaram para junto de Deus.

CHAMAVA-SE AMARELO

Nasci em Cachoeiro de Itapemirim, em uma casa à beira de um córrego, o Amarelo, poucos metros antes de sua entrada no rio Itapemirim. Eu devia ser ainda de colo quando meu pai derrubou essa casa e comprou outra do outro lado do córrego. Desde muito pequenos, antes da idade de se aventurarem pelas correntezas do rio e depois pelas ondas do mar, os meninos da casa brincavam no Amarelo.

A gente passava as horas de folga ali, pescando de anzol quando o córrego estava cheio, ou de peneira, quando ele estava raso. A fauna não era muito variada: piabas (que no Espírito Santo para o Norte é o que no Sul chamam de lambari); carás dourados, um peixe de fundo que a gente chamava moreia, e que não pinicava a isca, dava um puxão longo e inconfundível; outro de boca maior chamado cumbaca; pequenos mandis que ninguém comia e duas ou três espécies de camarão, entre os quais um que a gente chamava de lagosta porque tinha para mais de vinte centímetros.

Até hoje me lembro dessas lagostas de água doce aqui no Rio, quando vejo, depois do jantar, nas noites quentes de Copacabana, quantas mulheres e moças saem à rua, ficam zanzando na calçada da praia, tomando a fresca. Nossos lagostins vivem sistematicamente na oca, debaixo das pedras, mostrando apenas os bigodes sensíveis e as puãs; mas o calor em Cachoeiro é tão forte que às vezes, de tarde, eles saem passeando lentamente na água rasinha sobre a areia, se mostrando.

Conhecíamos o nosso pequeno trecho de córrego palmo a palmo, desde a cachoeirinha em que ele se despencava do morro até a beira do rio – cada pedra, cada tufo de capim, cada tronco atravessado, cada pé de inhame ou de taioba. Os peixes maiores – robalos, piaus, traíras, piabinhas – não o subiam, e era raro um bagre pequeno. O peixe maior que peguei numa peneira me deu o maior susto de minha vida; um amigo ou meu irmão cutucava com um pau todo bicho que estivesse debaixo da pedra, para espantar, enquanto eu esperava mais abaixo, com uma peneira grande. Quando levantei a peneira, veio o que me pareceu uma grande cobra preta saltando enfurecida em minha cara;

era um muçum, que atirei longe com peneira e tudo, enquanto eu caía para trás, dentro d'água, de puro medo.

Um pouco para cima o córrego formava um açude fundo, que em alguns lugares não dava pé. De um lado havia árvores grandes, de sombra muito suave, de outro era a aba do morro. A gente escorregava do alto do morro, pelo capim, cada um sentado em uma folha de pita – tchibum na água! Com troncos de pita ou de bananeira, improvisávamos toscas jangadas amarradas a cipó. O córrego e seu açude eram uma festa permanente para nós.

O açude não existe mais.

O açude não existe mais e o córrego está morrendo. Sempre que vou a Cachoeiro o vejo, porque nossa casa continua a mesma. Há coisa de quatro meses estive lá, e fui até a ponte dar uma espiada no córrego. Embora no último inverno tenha chovido bem por aquelas bandas, o Amarelo estava tão magrinho, tão sumido, tão feio, que me cortou o coração. Era pouco mais que um fio d'água escorrendo entre as pedras, a foz quase entupida de areia.

Havia um sujeito qualquer parado ali, puxei conversa com ele, ele disse que é isso mesmo, o córrego parece que está sumindo, nos anos de muita seca até já para de correr, ficam só umas poças e laminhas. Nas grandes chuvas ele é uma enxurrada grossa, vermelho de barro, açambarcando margens; mas depois definha, definha até quase morrer de sede.

Lembro-me, quando menino, eu ouvia falar com espanto e achando graça de uns rios do Nordeste que sumiam na seca, a gente podia andar pelo seu leito; não acreditava muito. O Amarelo está ficando assim.

O Brasil está secando. A gente lê nos jornais artigos sobre desflorestamento, necessidade de proteger os cursos de água, essas coisas que desde criança a gente sabe porque lê nos artigos de jornais.

Mas agora eu sei: eu sinto. Nem sequer pretendo chamar a atenção das autoridades etc. etc. sobre a gravidade do problema etc. etc., que exige uma série de providências impostergáveis etc. etc. Aliás Fulano de Tal já dizia que no Brasil o homem é o plantador de desertos etc. etc. etc. etc. etc. etc...

Não, esta crônica não pretende salvar o Brasil. Vem apenas dar testemunho, perante a História, a Geografia e a Nação, de uma agonia humilde: um córrego está morrendo. E ele foi o mais querido, o mais alegre, o mais terno amigo de minha infância.

Sejam mais amplamente humanos

PALMISKASKI

Tarde de domingo em São Paulo é tão longa, tão larga e tão cacete como em qualquer lugar. Fica um pouco de gente banzando pelas ruas, e o resto banzando dentro de casa. Uns vão à matinê de cinema, outros ao futebol. Um guarda-civil não pode fazer, estando de serviço, nem uma coisa nem outra.

Assim, domingo à tarde, em uma rua de São Paulo, havia um guarda-civil que não tinha nada que fazer. Os automóveis passavam honestamente, sem atropelar ninguém. Nenhuma briguinha. Nada. Que vida mais triste de guarda-civil! Ficar no meio da rua, à toa, quando não acontece nada, numa tarde de domingo.

Finalmente aconteceu alguma coisa, uma coisa sem importância. Aconteceu um mendigo.

O guarda-civil pensou:

— Lá está um homem doente pedindo esmola. É um sujeito magro vestido de molambos. Vou prender aquele sujeito.

Prendeu. Um guarda-civil, quando não tem nada o que fazer, prende um mendigo. Afinal de contas, é preciso prender alguém. A função de um guarda-civil é prender. Se ele é um funcionário honesto, não deve passar o dia todo sem prender ninguém. Os escoteiros devem praticar todo dia pelo menos uma boa ação. Os guardas-civis devem prender todo dia pelo menos um sujeito.

Prendeu. O mendigo não protestou. Foi andando para a polícia, todo recurvo, muito recurvo, coitado.

A polícia é uma gente horrível, quer saber de tudo. Quis saber o nome do pobre-diabo.

— Miguel Palmiskaski.

— Por que é que você tira esmola, seu vagabundo?

— Tenho fome...

A polícia quis saber onde é que o mendigo morava, sua idade e nome de seus pais, estado civil etc. etc... Miguel Palmiskaski foi respondendo na calma.

A polícia não teve pena daquele pobre-diabo tão curvado, tão amarelo, tão sujo.

— Revistem esse homem.

Revistaram Miguel Palmiskaski. Oitocentos e trinta e quatro mil e quatrocentos réis, sendo uma pequena parte em notinhas de cinco mil--réis e quase tudo em pratas e níqueis. As moedas pesavam oito quilos e duzentos gramas e estavam escondidas no paletó. Miguel Palmiskaski andava tão curvado mendigando por causa do peso daquela dinheirama. Na casa dele não se achou níquel. Ele carregava tudo nos bolsos. Há vários anos Miguel Palmiskaski vivia assim, sem poder tirar o paletó, recurvo e fatigado, prisioneiro de suas moedas.

A polícia recolheu o dinheiro à tesouraria do Gabinete de Investigações. Miguel Palmiskaski ficou leve, leve. Emagreceu oito quilos e duzentos gramas. A polícia calcula que se ele tomar um banho e tirar o pó da roupa emagrecerá mais uns dois quilos.

Miguel Palmiskaski vai ser processado. Quando sair da cadeia, sem o dinheiro que juntou em longos anos de triste e penoso trabalho, Miguel Palmiskaski se verá forçado a estender a mão à caridade pública.

São Paulo, abril, 1934

MORRO DO ISOLAMENTO

O profeta mora em uma gruta no Morro do Isolamento. Os homens bebem cachaça, vinho nacional e cerveja. Compram remédios e querosene. Os homens bebem porque precisam ficar tontos. Todos, às vezes, precisam ficar bêbados, e por isso bebem. Quando as mulheres dos homens ficam desesperadas elas despejam querosene na roupa e se matam com fogo. O profeta sabe de tudo. Ele sabe que muitas famílias usam pratos no almoço e no jantar. Os pratos não são eternos. Cedo ou tarde eles se quebram. Às vezes são partidos quando a mulher está nervosa com o homem. Às vezes a culpa é de uma criança. Às vezes é de uma empregada. De qualquer modo eles se quebram; e às vezes toda a família se quebra em redor dos pratos quebrados. O profeta sabe. Ele passa a mão suja pela barba suja. Sai da gruta. Vai andando devagar. Desce o Morro do Isolamento e passeia pelos quintais miseráveis dos subúrbios de Niterói. Não, o profeta não vai roubar galinhas. Ele recolhe frascos vazios, pratos quebrados. Leva para a sua gruta os cacos, as garrafas sujas e vazias. Espalha tudo pelo chão e medita. Já possui, entre outras coisas, uma corrente de chuveiro. Achou-a no lixo. O profeta não tem chuveiro, e não pensa nunca em tomar banho. Mas achou aquela corrente e medita. O profeta às vezes sente fome. Possui uma pequena criação: uma cobra pequena e sem veneno, e um tatu enfermo. Os três vivem em boa paz na gruta do Morro do Isolamento, entre cacos de vidro, pratos quebrados, a corrente de chuveiro e meditações.

 Às vezes as crianças muito pobres, os homens doentes e as mulheres feias vão ouvir o profeta. Muitos acreditam nele. Muitos não acreditam. Ele acredita. O Morro do Isolamento se povoa de crentes e descrentes. À noite, uns e outros descem o morro. O profeta faz uma festinha para o tatu. O tatu, muito enfermo, suspira tristemente. A cobra, a humilde cobra sem veneno, dá um bocejo e vai dormir. A gruta está escura. A noite lá fora está escura. Apenas existe uma luzinha tremelicando. É no cérebro do profeta. Ele passa a mão pela cara suja, pela barba suja. Na escuridão do Morro do Isolamento o profeta está se rindo devagarinho. Ele sabe de tudo. Lá na cidade, onde há luz elétrica, homens e mulheres, as garrafas se esvaziam e os pratos se quebram. A vida se quebra e se esvazia. E tudo fica sujo como a barba do profeta. Na gruta escura do Morro do Isolamento, o profeta está chorando devagarinho. Se a cobra fosse grande e feroz, e tivesse veneno mortal, ele diria:

— Vai, cobra, e morde e mata os homens ruins, só respeitando as crianças e os pobres.

Se o tatu não fosse doente e fosse enorme e terrível, ele diria:

— Vai, tatu, e cavuca a terra vil, e derruba as casas e só respeita as miúdas e miseráveis.

Mas na gruta escura do Morro do Isolamento a cobrinha sem veneno está dormindo, e o tatu está enfermo. O profeta passa a mão pela barba suja, deita na terra e começa a roncar. O ronco do profeta estremece o Morro do Isolamento, abala Niterói e o mundo.

Rio, dezembro, 1934

RECIFE, TOME CUIDADO

É tardinha e o bonde atravessa a Gameleira. Os mocambos estão afundados na lama. São casinhas de palha, de tábuas, de barro, de latas, e são tão sujas que parecem feitas de lixo. Estão cercadas de lama, plantadas na lama, e o chão das casinhas é lama. Quando chove – e chove dias e dias, noites e noites – a chuva entra nos mocambos, o vento escangalha os mocambos, a água afoga os mocambos. Milhares de caboclos passam a vida naquela lama. Todos são doentes. As criancinhas barrigudas e amarelas choram sentadas na lama. Os porcos entram pelos mocambos. A miséria é absoluta. A porcaria é absoluta. Quando a maré enche, cada mocambo é uma ilhota de lama.

É tardinha, o trabalho acabou na cidade. Os filhos da lama voltam para a lama. A água barrenta do rio beija a lama, sobe na lama, se mistura na lama, vira lama. As criancinhas morrem, os homens estão doentes, as mulheres crescem sujas, amarelas. São operários e operárias, são retirantes que não encontraram trabalho e que apodrecem na lama.

O bonde vai correndo na tardinha fresca. O bonde atravessa a ponte. O bonde passa no meio de casas limpas, de madeiras leves. A terra tem algum húmus, os jardinzinhos de praia rebentam junto à rua.

O bonde está na Boa Viagem. O sol morreu atrás dos coqueiros. As silhuetas dos coqueiros, os recortes finos de milhares de coqueiros dançam no céu que vai ficando escuro. Casas ricas. As jangadas descansam na areia da praia. Velas retardatárias andam no horizonte. Vinde para terra, jangadas. Está na hora de dormir.

Uma linha escura do recife corre junto à praia. As ondas morrem na areia com espumas humildes. Sobre o mar se acende uma estrelinha velha, muito pequena, muito dourada e brilhante sobre o azul que escurece.

Saltamos. Um vento vem do mar; é o vento do mar que está morrendo; está na hora do vento do mar morrer. As luzes se acendem nos postes brancos, ao longo da praia. A Pernambuco Tramways Power Company Limited é credora do governo, e por isso fornece uma luz fraca, amarela. O bondinho vem. O farol do bonde é tão amarelo, quase avermelhado, parece um sol passeando pela praia e morrendo no ar azul.

Outra vez os mocambos. Agora estão escuros. Nem a luz fraca da Pernambuco Tramways. Os mocambos adormecem no escuro, na lama. Há fome, frio, lama, doença, miséria, dentro de cada mocambo. Recife, linda Recife, tome cuidado. Duzentas e cinquenta mil pessoas vivem morrendo em seus mocambos. O homem do mocambo não pode dormir porque a mulher está doente, o menino está com febre, a chuva está caindo dentro da lama do mocambo. Recife, linda Recife, da linda praia, das lindas fontes, dos coqueiros lindos, Recife, linda Recife, tome cuidado, que você se estrepa.

Recife, junho, 1935

CRIANÇAS COM FOME

O sr. Coelho de Souza está, a bem dizer, com o pires na mão. E vai correr o pires. Trata-se de levantar fundos para estabelecer em todas as escolas públicas uma boa sopa. Uma sopa farta e nutritiva, para toda a garotada.

O que estou escrevendo hoje não se dirige à gente pobre. Escrevo para os ricos. Escrevo para o senhor, Dr. Bem Instalado, e para o senhor, Cel. Boas Rendas, e para a senhora, Dona Fartura. Os senhores têm dinheiro. Está muito direito. Tudo o que desejo é que esse dinheiro cresça e se multiplique em boas aplicações, excelentes rendas, belos juros, bons negócios. Mas os senhores têm o dinheiro naturalmente no bolso – ou no banco. Além dos dinheiros os senhores têm outras coisas. Têm, por exemplo, coração. Têm, por hipótese, filhos. Filhos que estão sendo bem-educados e bem-alimentados. Os senhores não fazem economia nenhuma quando se trata desses filhos. Se um dos meninos fica doente, os senhores ficam aflitos. Os senhores sabem que eles são um tesouro maior, muito maior que qualquer prédio de apartamento, qualquer terreno, qualquer estabelecimento, qualquer depósito no banco. Os senhores esquecem tudo e só ficam pensando no menino doente, cercando-o de médicos, de remédio, de cuidados e – principalmente – de carinhos. E isso muito simplesmente porque os senhores são humanos.

O que venho pedir aos senhores é que sejam mais amplamente humanos. Pensem também nos filhos dos outros. Pensem nos homens e nas mulheres que têm filhos e que não podem tratá-los como os senhores tratam os seus. E sem desfalcar a sua fortuna, sem diminuir o seu conforto, ajudem um pouco essa gente que não tem nada. Por favor, não aleguem que "estamos em crise". Não aleguem que "a guerra está atrapalhando os negócios". Não aleguem que "o governo é que tem de ver isso, pois é para isso que recebe os impostos".

Na verdade, o governo é que tem de tomar providências. Mas o governo não pode fazer tudo. Faz o que pode. Os senhores também têm obrigação de fazer alguma coisa. Os senhores têm dinheiro. O dinheiro, ao contrário do que pode parecer, não foi inventado para os senhores.

O dinheiro é um fato social. E um fato social só pode se justificar quando existe em favor da sociedade. Acontece que grandes partes da riqueza social estão acumuladas nas mãos dos senhores. Essa riqueza foi produzida com o trabalho de todos – e não somente dos senhores. Não digo que os senhores não trabalhem ou não tenham trabalhado. Mas há milhares, há milhões de pessoas que trabalham tanto ou mais que os senhores e que não têm dinheiro. Ora, uma riqueza, produzida com o trabalho de todos, deve ser usada em benefício de todos. Não pretendo que os senhores distribuam toda a sua fortuna pelos pobres. Não pretendo que os senhores sejam santos. Pretendo que os senhores devolvam à sociedade uma parte – o tamanho fica ao seu critério – da riqueza produzida pela sociedade e acumulada na mão dos senhores.

O caso é o seguinte: mais da metade das crianças das escolas dos bairros populares é de subnutridas. Subnutridas é uma palavra graciosa usada pelos médicos. Quer dizer que essas crianças não estão se alimentando direito. Quer dizer – desculpem o mau gosto da expressão – que elas estão passando fome. Os senhores naturalmente já ouviram dizer que "no Brasil não há fome". É uma frase bonita e agradável de ouvir – principalmente quando se está com a barriga cheia. Mas acontece que mais da metade das crianças das escolas públicas de Porto Alegre desmente essa frase. Essas crianças estão sofrendo da grande doença do brasileiro, da doença que é a mãe da tuberculose e de todas as doenças: fome crônica.

Quem está dizendo isso não é um agitador extremista: é o governo, que nem é extremista nem agitador. São as professoras. É o sr. Coelho de Souza, secretário da Educação. Esse sr. Coelho de Souza vai mobilizar grupos de senhoras da sociedade para, com uma sopa, diminuir a fome das crianças. Eu apelo para o coração e para o bolso dos senhores. Se os senhores são bastante inteligentes para sentir que dando dinheiro para isso estão simplesmente cumprindo seu dever, cumpram-no. Se os senhores acham que com isso estão fazendo vantagem, estão mostrando bons sentimentos, estão sendo caridosos, sejam caridosos. Pensem o que quiserem, sintam o que quiserem, mas antes de tudo metam a mão no bolso. Vamos! Estamos aqui esperando um bom gesto dos senhores. Os senhores não se sentem mal vivendo em uma cidade onde as crianças passam fome? As crianças do povo, os filhos da gente pobre não são tão inocentes como os seus próprios filhos? Essas crianças estão sofrendo porque são pobres. Isso não é uma injustiça, não é uma estupidez, não é uma imoralidade? Vamos! No meio de seus negócios, de sua felicidade, de sua riqueza, pensem um pouco nessas crianças famintas, doentes, magras, nessas crianças que estão com FOME. Os senhores têm interesse em manter a ordem social: esta ordem social que permite aos senhores acumular em suas mãos uma grande parte da riqueza produzida por toda a sociedade. A ordem social não está nunca muito segura quando há estômagos vazios. É dos estômagos vazios que nascem as grandes palavras de revolta. As crianças do povo estão com FOME. Não permitam que essas crianças cresçam famintas. Será que a FOME dessas crianças, será que seus olhos tristes, seus pequenos rostos pálidos não prejudicam a digestão dos senhores? Se os senhores são patriotas, contribuam para que o povo de sua terra seja mais forte. Se são religiosos, deem de comer a quem tem fome. Se não são patriotas nem religiosos, sejam simplesmente humanos. Não se esqueçam disso: EM PORTO ALEGRE A MAIOR PARTE DAS CRIANÇAS ESCOLARES SOFRE DE FOME CRÔNICA. Pensem um minuto nisso: e arranquem esse dinheiro do bolso, Dr. Bem Instalado, Cel. Boas Rendas, Dona Fartura!

18 de setembro de 1939

A VELHA

Zico –

Ontem falamos de você, e me lembrei daquela tarde tão distante em que nós dois, sem um tostão no bolso, desanimados e calados, vínhamos pela avenida e vimos aquela velhinha recebendo dinheiro. Você se lembra? Já estava escurecendo, mas ainda não tinham acendido as luzes, e paramos um instante na esquina de uma dessas ruas estreitas que cortam a avenida. No guichê de uma casa de câmbio e viagens, ainda aberta, uma velhinha recebia maços de notas grandes. Foi tafulhando tudo na bolsa; depois saiu, com um passo miúdo, entrou pela ruazinha, onde as casas do comércio atacadista já estavam fechadas.

Sem olhar um para o outro, demos alguns passos, fascinados, atrás da velha. Senti um estranho arrepio e ao mesmo tempo um tremor; meu coração parecia bater mais depressa, e era como se alguém me apertasse a garganta.

A velhinha trotava em nossa frente, e não havia ninguém na rua. Era coisa de um segundo: arrancar a bolsa, tirar um daqueles maços de dinheiro, correr, dobrar a esquina. Nunca ninguém desconfiaria de nós – dois jornalistas pobres, quase miseráveis, mas de nome limpo. Naquele tempo nosso problema era dinheiro para andar de bonde no dia seguinte de manhã – e uma só daquelas notas daria para três meses de vida folgada, pagando a conta atrasada da pensão, comprando pasta de dentes, brilhantina, meias, uma toalha, uma camisa, cuecas, lenços...

Naquela idade para que precisava a velhinha de vestido preto de tanto dinheiro? Não teria nem mesmo tempo para gastá-lo. Além disso, a gente não precisava tomar tudo, uma parte só chegava de sobra. É estranho que ao longo de nossa miséria crônica nunca tivéssemos pensado, nem um minuto, em roubar; mas naquele momento a ideia surgiu tão subitamente e com tanta força que ficamos com um sentimento de frustração, de covardia, de vergonha e ao mesmo tempo de alívio quando, parados na calçada, vimos a velha dobrar a esquina.

Só então falamos, num desabafo, daquele segundo horrível de tentação. E fomos tocando a pé, mais pobres e mais tristes, para tomar nosso bonde na Galeria e comer o mesquinho jantar da pensão sob os olhos da dona Maria, inquieta com o atraso do pagamento...

Acho que depois nunca nos lembramos dessa tarde – e não sei por que ela me voltou à memória outro dia. Talvez porque um amigo falasse do "quebra-quebra" aqui no Rio e nunca esquecerei aquela mistura de pânico, de furor, de alegria, de raiva, de medo, de cobiça e de libertação do povo. Às vezes fico maravilhado pensando que, durante anos e anos, as joalherias expõem joias caríssimas e passam milhares de transeuntes pobres e nenhum arrebenta aquele vidro para agarrar uma joia. Não há de ser por medo – é mais por hábito, por uma longa e milagrosa domesticação.

Nós dois sentimos aquele tremor quase angustioso, aquela vontade quase irresistível de desfechar um golpe rápido, nós sofremos aquele segundo de agonia – sentindo, de uma maneira horrivelmente clara, que seria justo tomar uma parte do dinheiro da velha. E continuamos pobres (até hoje, Zico!) e seguimos nosso caminho de cabeça baixa (até hoje!) mas perdemos o direito de reprovar os que fazem o que não fizemos – por hesitação, ou por estranha covardia.

Rio, fevereiro de 1951

PARA AS CRIANÇAS

— Não, aqui não é o paraíso terrestre. A professora Zilma me procura para que eu vá ver, já pintadas, as duas casinhas novas que ela ganhou do Sesi. Como esse Serviço não funciona em Cachoeiro (onde, entretanto, já arrecadou mais de 1.650 contos) ele procura ajudar qualquer esforço para elevar o nível de vida e educação dos operários – e nas escolinhas novas de Zilma, instaladas em pleno bairro proletário, muitos trabalhadores encherão os cursos noturnos. Mas ela resolve instalar ali também um curso para crianças de 5 e 6 anos, filhas de cozinheiras e lavadeiras. "Você acha que eu conseguirei do Saps, no Rio, um auxílio para dar uma sopa ou um pequeno almoço à molecada?" Consiga ou não, resolveu aproveitar o terreno junto para instalar um Clube Agrícola. Assim as crianças serão mais bem alimentadas – e as professoras de todos os cursos de Zilma afirmam que um dos grandes males do ensino é... a fome dos alunos. Ela conseguiu a vinda de um nutricionista que tem também curso de assistência social e enfermagem. "Ontem arranjei foices e enxadas velhas para arrumar o terreno em volta das escolas; os operários logo se ofereceram para amolá-las."

Mas a campanha de Zilma se dirige principalmente aos adultos. Cachoeiro, como mais ou menos todo o Brasil, tem a sua maior vergonha na miséria das crianças. Não, isto aqui não é o paraíso: no paraíso os anjos não morrem tanto, nem crescem tão doentes e lamentáveis, de cara suja e calças rotas. A alma dessa "Casa da Criança" em franca construção é um cearense que tem menos de cinco anos de Cachoeiro e que é possivelmente hoje o cidadão mais útil desta cidade: o gerente do Banco do Brasil, sr. Raimundo Andrade.

Vamos deixar de lado o esforço tremendo que ele tem feito para levar adiante o campo de aviação, o impulso que tem dado à indústria, e sua última decisão, de reunir 2 mil contos para fazer em Cachoeiro um clube moderno. Sua concepção da "Casa da Criança" é totalitária: compreende uma Escola Maternal e uma Creche, entrosadas com a Maternidade já em construção junto à Santa Casa, inclui o Posto de Puericultura, que já funciona, e um Jardim de Infância, o primeiro da cidade, com

80

um Parque Infantil. Em fins de junho serão inaugurados o Jardim e o Parque, cujas instalações já estão ficando prontas – salão de repouso, três salas de aulas, refeitório, cozinha, gabinetes médico e odontológico, salão de jogos internos, auditório com dois camarins subterrâneos, piscina, balanços, escorregas etc. Andrade reúne o esforço e a boa vontade de vários serviços e instituições. Conseguiu 500 contos da população, arranjou no ano passado 350 do governo federal (este ano ele conseguirá também receber esses 150 contos no Ministério da Justiça e esses 200 no da Educação?), 200 contos do Estado e 100 do Sesi. Para este ano a Prefeitura prometeu 100 contos e o Estado mais 150. Os edifícios já construídos são elegantes, sólidos, com instalações excelentes. Acusam mesmo o cearense de estar fazendo coisa luxuosa. Ele murmura que quer as coisas bem feitas – e "isto *préécisa* ser bom mesmo, *préécisa* ser de luxo mesmo, porque é para as crianças pobres".

Sim, crianças são animais de luxo, uma vez Beatrix Reynal já me explicou isso – ela, que atravessa noites arranjando em embrulhos elegantes, com fitas de cor, os donativos que vai entregar aos doentes ou às crianças que protege: "estou exausta, mas tenho de arrumar bem isso tudo: é para gente de cerimônia".

Cachoeiro de Itapemirim, 10 de abril de 1951

SÃO COSME E SÃO DAMIÃO

Escrevo no dia dos meninos. Se eu fosse escolher santos, escolheria sem dúvida nenhuma São Cosme e São Damião, que morreram decapitados já homens feitos, mas sempre são representados como dois meninos, dois gêmeos de ar bobinho, na cerâmica ingênua dos santeiros do povo.

São Cosme e São Damião passaram o dia de hoje visitando os meninos que estão com febre e dor no corpo e na cabeça por causa da asiática, e deram muitos doces e balas aos meninos sãos. E diante deles sentimos vontade de ser bons meninos e também de ser meninos bons. E rezar uma oração.

"São Cosme e São Damião, protegei os meninos do Brasil, todos os meninos e meninas do Brasil.

Protegei os meninos ricos, pois toda a riqueza não impede que eles possam ficar doentes ou tristes, ou viver coisas tristes, ou ouvir ou ver coisas ruins.

Protegei os meninos dos casais que se separam e sofrem com isso, e protegei os meninos dos casais que não se separam e se dizem coisas amargas e fazem coisas que os meninos veem, ouvem, sentem.

Protegei os filhos dos homens bêbados e estúpidos, e também os meninos das mães histéricas ou ruins.

Protegei o menino mimado a quem os mimos podem fazer mal e protegei os órfãos, os filhos sem pai, e os enjeitados.

Protegei o menino que estuda e o menino que trabalha, e protegei o menino que é apenas moleque de rua e só sabe pedir esmola e furtar.

Protegei ó São Cosme e São Damião! – protegei os meninos protegidos pelos asilos e orfanatos, e que aprendem a rezar e obedecer e andar na fila e ser humildes, e os meninos protegidos pelo SAM, ah! São Cosme e São Damião, protegei muito os pobres meninos protegidos!

E protegei sobretudo os meninos pobres dos morros e dos mocambos, os tristes meninos da cidade e os meninos amarelos e barrigudinhos da roça, protegei suas canelinhas finas, suas cabecinhas sujas, seus pés que podem pisar em cobra e seus olhos que podem pegar tracoma – e afastai de todo perigo e de toda maldade os meninos do Brasil, os louros e os escurinhos, todos os milhões de meninos deste grande e pobre e abandonado meninão triste que é o nosso Brasil, ó Glorioso São Cosme, Glorioso São Damião!"

Rio, setembro, 1957

NATAL DE SEVERINO DE JESUS

Severino de Jesus não seria anunciado por nenhuma estrela, mas por um mero disco voador.
Que seria seguido pela reportagem especializada.
O qual disco desceria junto à Hospedaria Getúlio Vargas, em Fortaleza, Ceará, abrigo dos retirantes.
Porém, Jesus não estaria na Hospedaria, por falta de lugar.
Nem tampouco estaria no conforto de uma manjedoura.
Jesus estaria no colo de Maria, em uma rede encardida, debaixo de um cajueiro.
Porque é debaixo de cajueiros que vivem e morrem os meninos cujos pais não encontram lugar na Hospedaria.
E Jesus estaria desidratado pela disenteria.
Mas sobreviveria, embora esquelético.
E cresceria barrigudinho.
E não iria ao templo discutir com os doutores, mas à televisão responder a perguntas.
E haveria muitas perguntas cretinas.
Tais como:
Por que, sendo filho do Espírito Santo, você foi nascer no Ceará e não em Cachoeiro de Itapemirim?
Jesus sorriria. E desceria para o Nordeste.
E para viver, Jesus iria para o mangue catar sururu.
E desceria depois em um pau de arara até o Rio.
Onde faria vários serviços úteis, tais como:
Levar a trouxa de roupa suja de Maria.
Tocar tamborim.
Entregar cigarros de maconha.
Então Herodes ordenaria uma batida no morro.
Porém Jesus escaparia.
E seria roubado por um mendigo que o poria a tirar esmola na porta da igreja.

E sendo lourinho e de olhos azuis, parecido com Cristo, Jesus faria grandes férias.

Porém, tendo desviado uma notinha para comprar um picolé, levaria um sopapo na cara.

E escaparia do mendigo e seria protegido por Vitinho do Querosene.

Inocentemente, participaria de seu bando.

Inocentemente seria internado no SAM.

Depois seria egresso do SAM.

E aqui é que a porca torce o rabo, porque não sei mais o que vou fazer com meu herói.

Mesmo porque até hoje ninguém sabe o que fazer com um egresso do SAM.

Ele não tem posses bastantes para ingressar na juventude transviada.

Quem não ingressa continua egresso.

Os meninos se dividem em externos, internos, semi-internos e egressos.

O lema da bandeira se divide em ordem e progresso.

Enquanto o verdadeiro Cristo nasce em todo Natal e morre em toda Quaresma.

Eu conto esta história de Jesus menino, Severino de Jesus, para lembrar que:

Aquele Jesus que era o Cristo, que Ele nos abençoe.

Mas eu duvido um pouco que Ele nos abençoe.

Ele está preocupado com seu irmão Severino de Jesus, que eu, autor, abandonei.

Em vista do que ele se tornou o conhecido menor abandonado.

É impossível socorrer o menor abandonado, pois se assim se fizer ele deixará de ser abandonado.

E se não houver menores abandonados várias senhoras beneficentes ficarão sem ter o que fazer.

E vários senhores que falam na televisão sobre o problema dos menores abandonados não terão o que dizer.

E esta minha crônica de Natal não terá nenhuma razão de ser.

Rio, dezembro, 1958

ONDE ESTARIA O MENINO

Inevitavelmente eu me lembro daquela frase horrorosa, não sei de que autor, sobre pessoas que se reuniam na noite de 31 de dezembro "para providenciar a passagem do ano".

Para muitos de nós, os inquietos, os desorganizados, a festa de fim de ano acaba sendo isso: mais uma providência a tomar. Outro problema. E ao lado dessa vaga alegria, dessa escassa boa vontade de Natal, há um outro sentimento mais frequente que nos assalta diante das vitrinas enfeitadas: a aflição do Natal. Recebo alguns cartões, raríssimos presentes, e me quedo perplexo. As árvores, as estrelas artificiais, todo esse mau gosto colorido das vitrines que, a princípio é alegre, acaba sendo aflitivo: o comércio faz uma estranha ofensiva contra o consumidor, que recua, hesita, avança, foge, preso às peias de um orçamento medíocre.

Compre, comprem! A publicidade faz sua grande farra do fim de ano, e nós é que devemos pagá-la. Uma garrafa de bebida deixa de ser uma garrafa de bebida, é um mimo envolvido em cores álacres, cercado de frases festivas e exclamações: assim todas as coisas perdem seu ar honesto e vulgar, afetam uma gratuita alegria e convencional boa vontade. E a burguesia faz surrealismo sem o saber. Que existe de mais tocante e louco do que receber votos de Feliz Natal e próspero Ano Bom não de uma pessoa, mas de uma firma comercial, um banco, um ser jurídico? Não é o homem de empresa que nos saúda alegremente, de cristão para cristão: é a própria sociedade anônima que se faz afetuosa, que exprime os bons sentimentos que empolgam seu espírito de estatuto ou sua alma de balancete.

Estamos em casa tranquilos, vem o carteiro (que já deixou seus votos e sua intimação para não esquecer o "efetivo carteiro", como diz o versinho) e nos traz um cartão pelo qual a Coperval S.A. nos deseja um bom 1981. É a Copersal S.A. uma senhora visivelmente lírica, amante de legendas douradas sobre fundo azul, com uma letrinha sentimentalmente inclinada para a direita, flores e arranjos, sinos a badalar. O coração da firma está batendo de afeto.

Sei que o remédio é sentar diante de uma folha de papel e fazer uma lista de amizades com endereços para mandar cartões e, quando possível, mimos. Mas para isso é preciso ser inconsciente ou ter essa estranha coragem de fazer um balancete sentimental, admitir ou demitir pessoas de nossa lista, pesar a lembrança das criaturas humanas dentro de nosso peito, misturar saudade com consideração e conveniência, gratidão por algum serviço ou fineza, com amor ou simpatia gratuitos. Uma tarefa que sempre parecerá dura a qualquer pessoa sensível, e ao mesmo tempo odiosa e melancólica. Há os esquecimentos, as omissões.

Na rua as lojas oferecem brilhantes aparelhos elétricos, livros, discos, cestas abundantes de comeres e beberes, facilidades de pagamento, falsos abonos, com imensos Papais Noéis de sorriso comercial – toda uma alucinada orgia mercantil – em nome do Menino Jesus. Menino tão pobrezinho que se tivesse nascido num morro do Rio estaria talvez internado, se tivesse sorte para arranjar uma vaga, naquele hospital que a prefeitura tem para as crianças doentes e miseráveis, o Hospital Jesus...

22 de dezembro de 1980

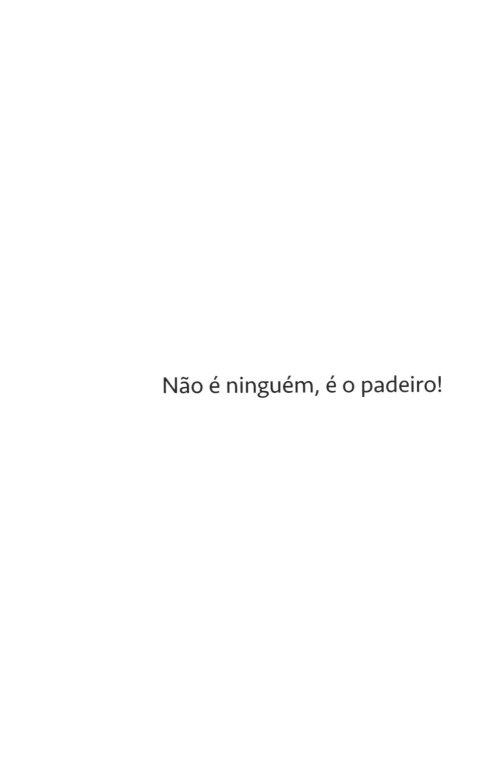

Não é ninguém, é o padeiro!

ANIMAIS SEM PROTEÇÃO

Mandaram-me para debulhar o Decreto nº 24.645, do senhor Getúlio Vargas, cujo artigo primeiro diz: "Todos os animais existentes no país são tutelados do Estado".

Fica passível de multa ou prisão quem mantiver animais em lugares anti-higiênicos ou privá-los de ar ou luz; abandonar animal doente, ferido ou extenuado ou deixar de ministrar-lhe medicamentos; utilizar em serviço animal ferido, enfermo ou fraco; conduzir animais de mãos ou pés atados; ter animais encerrados juntamente com outros que os aterrorizem ou molestem etc. etc. etc.

O artigo 3º diz que os animais serão assistidos em juízo pelos representantes do Ministério Público.

Ora, eis aí uma lei excelente. São inacreditáveis as barbaridades que sofrem os animais neste mundo. Levemos aos doutores promotores de justiça material para denúncias.

Eu sei de animais que vivem em lugares anti-higiênicos, quase privados de ar e de luz. Já vi várias vezes esses estranhos animais. São magros e tristes e se parecem extraordinariamente com os homens. Vivem em cortiços e porões, em casebres infectos e em casarões imundos. Quando doentes ou extenuados, não podem contar com remédio e auxílio nenhum. Esses animais, que fisicamente, como já disse, são extremamente parecidos com os homens, são muitas vezes utilizados em serviço quando fracos ou enfermos. Há fêmeas de cinquenta anos, tuberculosas e exaustas, que diariamente são obrigadas a trabalhar, se não quiserem morrer de fome. Machos de todas as idades, atacados de todas as doenças, são igualmente obrigados a prestar serviços rudes e esgotantes para viver. Até mesmo animais ainda de tenra idade se veem obrigados a suportar rudes tarefas. Todos esses animais, se acaso se rebelam contra a sua sorte, são transportados imediatamente para jaulas apropriadas e mais infectas que quaisquer outras. O transporte é feito em carroças fechadas e incômodas. Algumas vezes os animais vão com as mãos atadas por ferros especiais, e quase sempre sofrem espancamento e toda espécie de maus-tratos.

Uma das disposições da lei proíbe que se faça trabalhar animais desferrados em ruas de calçamento. Entretanto, inúmeros desses animais a que me refiro acima, andam desferrados. Os seus pés, que são muito parecidos com os pés humanos, não têm a proteção de nenhum calçado. Creio mesmo que os animais citados não gozam de nenhuma das garantias do excelente Decreto nº 24.645. Desde o nascimento até a morte, eles sofrem toda espécie de misérias e tristezas. Não gozam de saúde nem de conforto. São péssima e parcamente alimentados e não dispõem de nenhum cuidado higiênico; por isso vivem sujos e magros. Têm de trabalhar durante a vida toda. Com esse trabalho, esses animais enriquecem os homens e fazem prosperar os Estados que os exploram; e destes só se obtém algum favor se continuarem dispostos a trabalhar toda a vida para eles. Creio que não há, hoje em dia, nenhuma espécie animal tão estupidamente explorada como essa.

É interessante notar que, devido a certas semelhanças, algumas pessoas pensam que esses animais são também homens. É engano. Eles, de fato, têm alguma parecença com os homens; mas não são homens, são operários.

São Paulo, agosto, 1934

O CONDE E O PASSARINHO

Acontece que o conde Matarazzo estava passeando pelo parque. O conde Matarazzo é um conde muito velho, que tem muitas fábricas. Tem também muitas honras. Uma delas consiste em uma preciosa medalhinha de ouro que o conde exibia à lapela, amarrada a uma fitinha. Era uma condecoração.

Ora, aconteceu também um passarinho. No parque havia um passarinho. E esses dois personagens – o conde e o passarinho – foram os únicos da singular história narrada pelo *Diário de S. Paulo*.

Devo confessar preliminarmente que, entre um conde e um passarinho, prefiro um passarinho. Torço pelo passarinho. Não é por nada. Nem sei mesmo explicar essa preferência. Afinal de contas, um passarinho canta e voa. O conde não sabe gorjear nem voar. O conde gorjeia com apitos de usinas, barulheiras enormes, de fábricas espalhadas pelo Brasil, vozes dos operários, dos teares, das máquinas de aço e de carne que trabalham para o conde. O conde gorjeia com o dinheiro que entra e sai de seus cofres, o conde é um industrial, e o conde é conde porque é industrial. O passarinho não é industrial, não é conde, não tem fábricas. Tem um ninho, sabe cantar, sabe voar, é apenas um passarinho e isso é gentil, ser um passarinho.

Eu quisera ser um passarinho. Não, um passarinho, não. Uma ave maior, mais triste. Eu quisera ser um urubu.

Entretanto, eu não quisera ser conde. A minha vida sempre foi orientada pelo fato de eu não pretender ser conde. Não amo os condes. Também não amo os industriais. Que amo eu? Pierina e pouco mais. Pierina e a vida, duas coisas que se confundem hoje e amanhã, mais se confundirão na morte.

Entendo por vida o fato de um homem viver fumando nos três primeiros bancos e falando ao motorneiro. Ainda ontem ou anteontem assim escrevi. O essencial é falar ao motorneiro. O povo deve falar ao motorneiro. Se o motorneiro se fizer de surdo, o povo deve puxar a aba do paletó do motorneiro. Em geral, nessas circunstâncias, o motorneiro dá um coice. Então o povo deve agarrar o motorneiro, apoderar-se da manivela, colocar o bonde a nove pontos, cortar o motorneiro em pedacinhos e comê-lo com farofa.

Quando eu era calouro de Direito, aconteceu que uma turma de calouros assaltou um bonde. Foi um assalto imortal. Marcamos no relógio quanto nos deu na cabeça, e declaramos que a passagem era grátis. O motorneiro e o condutor perderam, rápida e violentamente, o exercício de suas funções. Perderam também os bonés. Os bonés eram os símbolos do poder.

Desde aquele momento perdi o respeito por todos os motorneiros e condutores. Aquilo foi apenas uma boa molecagem. Paciência. A vida também é uma imensa molecagem. Molecagem podre. Quando poderás ser um urubu, meu velho Rubem?

Mas voltemos ao conde e ao passarinho. Ora, o conde estava passeando e veio o passarinho. O conde desejou ser que nem o seu patrício, o outro Francisco, o Francisco da Úmbria, para conversar com o passarinho. Mas não era o Santo Francisco de Assis, era apenas o conde Francisco Matarazzo. Porém, ficou encantado ao reparar que o passarinho voava para ele. O conde ergueu as mãos, feito uma criança, feito um santo. Mas não eram mãos de criança nem de santo, eram mãos de conde industrial. O passarinho desviou e se dirigiu firme para o peito do conde. Ia bicar seu coração? Não, ele não era um bicho grande de bico forte, não era, por exemplo, um urubu, era apenas um passarinho. Bicou a fitinha, puxou, saiu voando com a fitinha e com a medalha.

O conde ficou muito aborrecido, achou muita graça. Ora essa! Que passarinho mais esquisito!

Isso foi o que o *Diário de S. Paulo* contou. O passarinho, a esta hora assim, está voando, com a medalhinha no bico. Em que peito a colocareis, irmão passarinho? Voai, voai, voai por entre as chaminés do conde, varando as fábricas do conde, sobre as máquinas de carne que trabalham para o conde, voai, voai, voai, voai, passarinho, voai.

Rio, fevereiro, 1935

LUTO DA FAMÍLIA SILVA

A assistência foi chamada. Veio tinindo. Um homem estava deitado na calçada. Uma poça de sangue. A Assistência voltou vazia. O homem estava morto. O cadáver foi removido para o necrotério. Na seção dos Fatos Diversos do *Diário de Pernambuco*, leio o nome do sujeito: João da Silva. Morava na rua da Alegria. Morreu de hemoptise.

João da Silva – Neste momento em que seu corpo vai baixar à vala comum, nós, seus amigos e seus irmãos, vimos lhe prestar esta homenagem. Nós somos os joões da silva. Nós somos os populares joões da silva. Moramos em várias casas e em várias cidades. Moramos principalmente na rua. Nós pertencemos, como você, à família Silva. Não é uma família ilustre; nós não temos avós na história. Muitos de nós usamos outros nomes, para disfarce. No fundo, somos os Silva. Quando o Brasil foi colonizado, nós éramos os degredados. Depois fomos os índios. Depois fomos os negros. Depois fomos imigrantes, mestiços. Somos os Silva. Algumas pessoas importantes usaram e usam nosso nome. É por engano. Os Silva somos nós. Não temos a mínima importância. Trabalhamos, andamos pelas ruas e morremos. Saímos da vala comum da vida para o mesmo local da morte. Às vezes, por modéstia, não usamos nosso nome de família. Usamos o sobrenome "de Tal". A família Silva e a família "de Tal" são a mesma família. E, para falar a verdade, uma família que não pode ser considerada boa família. Até as mulheres que não são de família pertencem à família Silva.

João da Silva – Nunca nenhum de nós esquecerá seu nome. Você não possuía sangue azul. O sangue que saía de sua boca era vermelho – vermelhinho da silva. Sangue de nossa família. Nossa família, João, vai mal em política. Sempre por baixo. Nossa família, entretanto, é que trabalha para os homens importantes. A família Crespi, a família Matarazzo, a família Guinle, a família Rocha Miranda, a família Pereira Carneiro, todas essas famílias assim são sustentadas pela nossa família. Nós auxiliamos várias famílias importantes na América do Norte, na Inglaterra, na França, no Japão. A gente de nossa família trabalha nas plantações de mate, nos pastos, nas fazendas, nas usinas, nas praias, nas fábricas, nas minas, nos balcões, no mato, nas cozinhas, em todo lugar onde se trabalha. Nossa família quebra pedra, faz telhas de barro, laça os bois, levanta os prédios, conduz os bondes, enrola o tapete do circo, enche os porões dos navios, conta o dinheiro dos bancos, faz os jornais, serve no Exército e na Marinha. Nossa família é feito Maria Polaca: faz tudo. Apesar disso, João da Silva, nós temos de enterrar você é mesmo na vala comum. Na vala comum da miséria. Na vala comum da glória, João da Silva. Porque nossa família um dia há de subir na política...

Recife, junho, 1935

MANIFESTO

Aos operários da construção civil: Companheiros –
Que Deus e Vargas estejam convosco. A mim ambos desamparam; mas o momento não é de queixas, e sim de luta. Não me dirijo a toda a vossa classe, pois não sou um demagogo. Sou um homem vulgar, e vejo apenas (mal) o que está diante de meus olhos. Estou falando, portanto, com aqueles dentre vós que trabalham na construção em frente de minha janela. Um carrega quatro grandes tábuas ao ombro; outro grimpa, com risco de vida, a precária torre do enguiçado elevador; qual bate o martelo, qual despeja nas formas o cimento, qual mira a planta, qual usa a pá, qual serra (o bárbaro) os galhos de uma jovem mangueira, qual ajusta, neste momento, um pedaço de madeira na serra circular.

Espero. Olho este último homem. Tem o ar calmo, veste um macacão desbotado, uma espécie de gorro pardo na cabeça, um lápis vermelho na orelha, uma trena no bolso de trás; e, pela cara e corpo, não terá mais de 25 anos. Parece um homem normal; vede, porém, o que faz. Já ajustou a sua tábua; e agora a empurra lentamente contra a serra que gira. Começou. Um guincho alto, agudo e ao mesmo tempo choroso domina o batecum dos martelos e rompe o ar. Dir-se-ia o espasmo de um gato de metal, se houvesse gatos de metal. Varando o lenho, o aço chora; ou é a última vida da árvore arrancada do seio da floresta que solta esse grito lancinante e triste? De momento a momento seu estridor me vara os ouvidos como imponderável pua.

Além disso, o que me mandais, irmãos, são outros ruídos e muita poeira; dentro de uns cinco dias tereis acabado o esqueleto do segundo andar e então me olhareis de cima. E ireis aos poucos subindo para o céu, vós que começastes a trabalhar em um buraco do chão.

Então me tereis vedado todo o sol da manhã. Minha casa ficará úmida e sombria; e ireis subindo, subindo. Já disse que não me queixo; já disse: melhor, cronicarei à sombra, inventarei um estilo de orquídea para estas minhas flores de papel.

Nossos ofícios são bem diversos. Há homens que são escritores e fazem livros que são como verdadeiras casas, e ficam. Mas o cronista de jornal é como o cigano que toda noite arma sua tenda e pela manhã a desmancha, e vai.

Vós ides subindo, orgulhosos, as armações que armais, e breve estareis vendo o mar a leste e as montanhas azuladas a oeste. Oh, insensatos! Quando tiverdes acabado, sereis desalojados de vosso precário pouso e devolvidos às vossas favelas; ireis tão pobres como viestes, pois tudo o que ganhais tendes de gastar; ireis, na verdade, ainda mais pobres do que sois, pois também tereis gastado algo que ninguém vos paga, que é a força de vossos braços, a mocidade de vossos corpos.

E ficará aqui um edifício alto e branco, feito por vós. Voltai uma semana depois e tentai entrar nele; um homem de uniforme vos barrará o passo e perguntará a que vindes e vos olhará com desconfiança e desdém. Aquele homem representa outro homem que se chama o proprietário; poderoso senhor que se apoia na mais sólida das ficções, a que se chama propriedade. O homem da serra circular estará, certamente, com o ouvido embotado; em vossos pulmões haverá lembrança de muita serragem e muito pó, e se algum de vós despencou do alto, sua viúva receberá o suficiente para morrer de fome um pouco mais devagar.

Não penseis que me apiedo de vós. Já disse que não sou demagogo; apenas me incomodais com vossa vã atividade. Eu vos concito, pois, a parar com essa loucura – hoje, por exemplo, que o céu é azul e o sol é louro, e a areia da praia é tão meiga. Na areia poderemos fazer até castelos soberbos, onde abrigar o nosso íntimo sonho. Eles não darão renda a ninguém, mas também não esgotarão vossas forças. É verdade que assim tereis deixado de construir o lar de algumas famílias. Mas ficai sossegados: essas famílias já devem estar morando em algum lugar, provavelmente muito melhor do que vós mesmos.

Ouvi-me, pois, insensatos; ouvi-me a mim e não a essa infame e horrenda serra que a vós e a mim tanto azucrina. Vamos para a praia. E se o proprietário vier, se o governo vier, e perguntar com ferocidade: "estais loucos?", nós responderemos: "Não, senhores, não estamos loucos; estamos na praia jogando peteca". E eles recuarão, pálidos e contrafeitos.

Rio, julho de 1951

O LAVRADOR

Esse homem deve ser de minha idade – mas sabe muito mais coisas. Era colono em terras mais altas, se aborreceu com o fazendeiro, chegou aqui ao rio Doce quando ainda se podia requerer duas colônias de cinco alqueires "na beira da água grande" quase de graça. Brocou a mata com a foice, depois derrubou, queimou, plantou seu café.

Explica-me: "Eu trabalho sozinho, mais o menino meu". Seu raciocínio quando veio foi este: "Vou tratar de cair na mata; a mata é do governo, e eu sou 'fio' do Estado, devo ter direito". Confessa que sua posse até hoje ainda não está legalizada: "Tenho de ir a Linhares, mas eu 'magino' esse aguão..."

No começo não tinha prática de canoa, estava sempre com medo da canoa virar, o menino é que logo se ajeitou com o remo; são quatro horas de remo lagoa adentro. Diz que planta o café a uma distância de 10 palmos, sendo a terra seca; sendo fresca, distância de 15 palmos. Para o sustento, plantou cana, taioba, inhame, mandioca, milho, arroz, feijão. Disse que uma vez foi lá um homem do governo e proibiu ("empiribiu") armar fojos e mundéus, pois "se chegar a cair um cachorro de caçador, eles mete a gente na cadeia e a gente paga o que não possui".

Olho sua cara queimada de sol; parece com a minha, é esse mesmo tipo de feiura triste do interior. Conversamos sobre pescaria do robalo, piau, traíra. Volta a falar de sua terra e desconfia que eu sou do governo, diz que precisa passar a escritura. Não sabe ler, mas sabe que essas coisas escritas em um papel valem muito. Pergunta pela minha profissão, e tenho vergonha de contar que vivo de escrever papéis que não valem nada; digo que sou comerciante em Vitória, tenho um negocinho. Ele diz que o comércio é melhor que a lavoura; que o lavrador se arrisca e o comerciante é que lucra mais; mas ele foi criado na lavoura e não tem nenhum preparo. Endireita para mim o cigarro de palha que estou enrolando com o fumo todo maçarocado. Deve ser de minha idade – mas sabe muito mais coisas.

Maio, 1954

HUMILDES

Em sua primeira mensagem ao povo, o presidente Café Filho prometeu sua proteção aos humildes. Disso andam eles mais do que precisados, num momento em que a inflação engole, no vórtice guloso de sua espiral, todas as pequenas vantagens e aumentos que os trabalhadores têm obtido.

Quem enumerar as leis e citar as siglas de todos os institutos e serviços que se destinam a amparar as classes laboriosas dará facilmente a um estranho a impressão de que a vida do trabalhador no Brasil é cercada de conforto e garantia. Café Filho, que sempre manteve contato com o povo, sabe que isso é uma dolorosa mentira.

Nossos serviços de assistência social reclamam, na verdade, uma reforma radical, de maneira a fazer com que a burocracia e a politicagem não impeçam que eles possam prestar decentemente ao povo os benefícios de que são capazes.

De qualquer modo ficará de fora a maior classe dos humildes, que é também a classe dos mais humildes. Estamos falando dos trabalhadores rurais, pelo qual só recentemente o sr. Getúlio Vargas pareceu se interessar. Esses, coitados, não dispõem sequer das garantias mínimas conquistadas pelos urbanos; são milhões disseminados por todos os cantos do país, que não podem fazer passeatas e manifestos nem levar até a portaria dos palácios o espetáculo de sua miséria e a pressão de seus reclamos. O esquecimento em que eles foram deixados é responsável pelo abandono dos campos e pelos baixos, vergonhosos níveis de produtividade de nossas explorações rurais. Ampará-los com realismo e decisão seria tarefa capaz de marcar por si só, em nossa história, o nome de Café Filho.

Mas tenho motivos pessoais para aludir ainda a outra classe de humildes e desprezados. Não se trata de pessoas. Trata-se dos pequenos Estados, sem maior expressão eleitoral e por isso mesmo eternamente esquecidos e injustiçados pelo Poder Central. As grandes verbas são disputadas e absorvidas pelos grandes Estados com uma voracidade que deixa os pequenos de fora, a chupar os magros dedos. Ao potiguar João Café Filho um modesto capixaba traz este lembrete e esta esperança.

27 de agosto de 1954

O PADEIRO

Levanto cedo, faço minhas abluções, ponho a chaleira no fogo para fazer café e abro a porta do apartamento – mas não encontro o pão costumeiro. No mesmo instante me lembro de ter lido alguma coisa nos jornais da véspera sobre a "greve do pão dormido". De resto não é bem uma greve, é um *lockout*, greve dos patrões, que suspenderam o trabalho noturno; acham que obrigando o povo a tomar seu café da manhã com pão dormido conseguirão não sei bem o que do governo.

Está bem. Tomo o meu café com pão dormido, que não é tão ruim assim. E enquanto tomo café vou me lembrando de um homem modesto que conheci antigamente. Quando vinha deixar o pão à porta do apartamento ele apertava a campainha, mas, para não incomodar os moradores, avisava gritando:

— Não é ninguém, é o padeiro!

Interroguei-o uma vez: como tivera a ideia de gritar aquilo?

"Então você não é ninguém?"

Ele abriu um sorriso largo. Explicou que aprendera aquilo de ouvido. Muitas vezes lhe acontecera bater a campainha de uma casa e ser atendido por uma empregada ou outra pessoa qualquer, e ouvir uma voz que vinha lá de dentro perguntando quem era; e ouvir a pessoa que o atendera dizer para dentro: "não é ninguém, não senhora, é o padeiro". Assim ficara sabendo que não era ninguém...

Ele me contou isso sem mágoa nenhuma, e se despediu ainda sorrindo. Eu não quis detê-lo para explicar que estava falando com um colega, ainda que menos importante. Naquele tempo eu também, como os padeiros, fazia o trabalho noturno. Era pela madrugada que deixava a redação de jornal, quase sempre depois de uma passagem pela oficina – e muitas vezes saía já levando na mão um dos primeiros exemplares rodados, o jornal ainda quentinho da máquina, como pão saído do forno.

Ah, eu era rapaz, eu era rapaz naquele tempo! E às vezes me julgava importante porque no jornal que levava para casa, além de reportagens ou notas que eu escrevera sem assinar, ia uma crônica ou artigo com o meu nome. O jornal e o pão estariam bem cedinho na porta de cada lar; e dentro do meu coração eu recebi a lição de humildade daquele homem entre todos útil e entre todos alegre; "não é ninguém, é o padeiro!" E assobiava pelas escadas.

Rio, maio, 1956

OS ÍNDIOS E A TERRA

Esses crimes praticados contra os índios no Brasil têm sempre a mesma origem: "civilizados" ambiciosos que ambicionam as terras em que os índios vivem, seja para a lavoura, seja para alguma indústria extrativista vegetal. Muitas vezes os seringalistas e outros senhores de terras esbarraram com a resistência dos homens do Serviço de Proteção aos Índios; outras vezes tiveram a cumplicidade de funcionários do SPI ou até mesmo, como parece estar provado agora, de sua direção. É o que parece ter acontecido sob o governo Castelo Branco.

O problema do índio é complexo, e o estudo mais lúcido que até hoje li a respeito é o de Darcy Ribeiro. Em minha carreira de repórter, tive certa vez uma surpresa: visitando o vale do rio Pancas, afluente da margem esquerda do rio Doce, nos limites de Minas e Espírito Santo, por volta de 1936, encontrei lá, além de remanescentes dos aimorés ou botocudos (crenaques e guticraques), algumas famílias de... guaranis. Não, não eram tupis do litoral que tivessem sobrado por ali; eram guaranis mesmo, vindos de campos do Rio Grande do Sul, que estavam aldeados ali em plena mata – uma das mais belas e cerradas do Brasil. Eram quase tão estranhos ali como eu, rapaz da cidade, que só via mato nas férias de junho: o clima, as árvores e os bichos eram bem diferentes de sua terra natal.

Não foi difícil ter uma explicação, que os próprios índios deram: suas terras lá do Sul tinham sido tomadas pelos brancos, e as coisas foram arranjadas para que o SPI os transplantasse para o Pancas. Vestiam restos de velhos uniformes do Exército, alguns com peças vermelhas, como aqueles da guerra do Paraguai. Não conheciam uma palavra sequer da língua de seus vizinhos crenaques.

Hoje, naturalmente, aquele aldeamento não existe mais, e os bons índios, entre os quais vivi uma semana, morreram ou se dissolveram na massa da caboclada.

Documentei, na ocasião, o crime que se praticava: a espoliação dos índios e as tristes condições em que viviam. Nada de grave diante dos crimes que agora são revelados, com escândalo no mundo inteiro.

Trata-se, agora, de atrocidades vergonhosas; mas a origem é a mesma: a terra... De nada adiantará punir funcionários do SPI e criminosos particulares, se a punição não chegar até os mandantes, os grandes interessados, que são homens de posses, senhores de terras. Esperemos que o Ministro de Estado, que teve a coragem de revelar essa espantosa e nojenta série de crimes, tenha também energia para punir seus pequenos e grandes culpados.

24 de abril de 1968

Somos desprezíveis e fracos

A CASA DO ALEMÃO

Foi meu prezado amigo da esquerda, amigo e vizinho nesta página, Nilo Ruschel, que me contou. Quando chegamos lá ele mandou parar o carro:

— É ali.

Olhamos a pequena e estranha construção de cimento. Lá dentro havia um operário colocando tijolos. Estava estragada toda a literatura de Nilo Ruschel.

— Você disse que ele fazia tudo sozinho. Agora ele contratou um operário.

Mas no mesmo instante o operário virou a cabeça para nos olhar inquieto. E vimos então sua grande cara barbuda, de uma grande barba ruiva:

— É ele mesmo!

Nesta hora em que escrevo, o alemão barbudo está lá, construindo, sozinho, a sua casa de cimento armado, em Petrópolis. Está sozinho, com sua barba imensa, fazendo a sua própria casa. Mora no pequeno porão. Até a cumeeira é de cimento armado. Sua história eu não sei. Dizem que foi ferido na Grande Guerra, ferido no corpo e no espírito. Depois emigrou. Deixou crescer a barba, talvez para esconder as cicatrizes do rosto. E para esconder as cicatrizes da alma se fez solitário. Trabalha em alguma parte – para viver. Mas a grande obra de sua vida é aquilo: a sua casa, a sua pequena casa de cimento armado, sólida, pequena, invulnerável. Dizem que ele tenciona captar a eletricidade da atmosfera. Eu duvido. Duvido que o sólido alemão barbudo queira captar alguma coisa, seja na atmosfera, seja na terra, seja no mar. Em um de seus livros, Oswald de Andrade escreveu, caracterizando a confusão de São Paulo durante uma revolução: "Sou o único homem livre desta formosa cidade porque tenho um canhão no meu quintal". Durante os conflitos entre fascistas e socialistas, na Itália, foi preso Hercole Bambucci, futuro discípulo do mestre Júlio Jurenito porque, armado de uma carabina, dava tiros para os dois lados. No fim da guerra da Espanha dizem que foi preso na fronteira da França um anarquista espanhol. Perguntaram-lhe se ele estava ao lado dos republicanos. Disse que não. Estava ao lado dos nacionalistas? Também não. Concluíram que o homem não tinha tomado parte da luta. Mas ele explicou orgulhoso, com um profundo desprezo por nacionalistas e republicanos:

— Eu tinha um fuzil-metralhadora e lutava por conta própria...

O alemão barbudo de Petrópolis é um desses. Apenas ele não luta. Ele se defende por conta própria. O mundo está confuso. Povos invadem povos. Cidades são arrasadas. Canhões dão berros de morte, aviões despejam bombas, metralhadoras cortam carne. E ele sabe o que é uma guerra. Sua velha barba ruiva treme de espanto:

— "Eles" começam outra vez?

Onde irá parar o mundo? Que farão os homens que continuam se matando? Que vai acontecer? Então o velho barbudo exclama:

Eu faço com minhas próprias mãos, sozinho, a minha casa onde vou morar sozinho. Eu mesmo faço os alicerces e ponho o cimento nas formas, e coloco tijolo sobre tijolo. Não pedi a ninguém para desenhar a minha casa nem peço a ninguém que me ajude. A casa é minha e para mim. Sou apenas um homem. Faço-a de cimento, estranha como um túmulo. Os povos constroem linhas de cimento armado para se defenderem. Eu não sou um povo, eu sou um homem. Homens morrem aos milhares, aos milhões. Já vi homens morrendo, já matei homens. Não quero morrer. Nada espero da vida. Não preciso nem que o vento mexa em minhas barbas – e a minha casa será tão dura, tão áspera que nenhum passarinho virá perto dela cantar. Não plantarei árvore nenhuma, nem levarei para dentro de minha casa nenhuma mulher. Com uma mulher eu poderia ter um filho, que mais tarde seria um homem. Evidentemente seria uma estupidez: há homens demais, e tantos que eles se matam. Eu sou um homem e na certa morrerei. Mas se a morte quiser me pegar, ela tem de vir me buscar dentro do meu forte de cimento armado. Quero viver cercado de cimento, eu comigo mesmo, dentro da minha toca de cimento que faço com minhas mãos, com meu suor, com minha força. Guerreie-se, arrebente-se, dane-se, estripe-se quem quiser. A humanidade continua se matando e gerando mais filhos que se matarão. Eu sou um homem, irredutivelmente um homem, um homem apenas – nada tenho a ver com a humanidade. Não quero saber de homens nem de mulheres, nem de borboletas nem de coisa alguma. Faço a minha casa de cimento e moro dentro dela.

Assim falaria o alemão barbudo. Mas na verdade não fala coisa alguma. Está calado, só, debaixo do sol, sujo, feroz, formidável, construindo com suas próprias mãos a sua casa de cimento.

3 de outubro de 1939

A PROCISSÃO DE GUERRA

Agora tocamos para a frente, na manhã molhada.
Corremos pela estrada, mas o carro tem de ir lentamente.
Em sentido contrário, um pesado e lento comboio de enormes caminhões avança – e em nossa frente, na mesma direção em que vamos, se arrasta outro.
É impossível passar. As estradas da Itália são boas, mas estreitas.
É preciso ter paciência.
A esta hora, em milhares de outras estradas do mundo os caminhões estão assim, em comboios, rodando para a guerra ou para a retaguarda. Temos, de repente, a consciência de tomar parte em uma estranha e lenta procissão – homens e máquinas rodando para a guerra.
Não são caminhões apenas: são navios, canoas, carros de bois, nuvens de aviões, bestas em desfiladeiros, trens elétricos zunindo, trens a vapor fumegando, tanques, trenós, cavalos, homens a pé no Alasca, na Birmânia, em Três Corações do Rio Verde, neste chão, nos lagos e matos e montes e mares de todo o mundo que produz e vive para a guerra ou em função da guerra.
A mesma guerra que nos prendia na fila de ônibus da Esplanada do Castelo nos acorrenta a esses comboios de motores roucos, a essa procissão de toldos trêmulos e pneus sujos e gordos.
É a procissão da guerra.
Tu segues com uma caneta-tinteiro, e um pedaço de chocolate no bolso. Aquele leva caixas de comida, o outro caixas de munição; e padiolas e motores, óculos para ver o inimigo, armas para matá-lo, botinas, braços e pernas, baionetas, mapas, cérebros, cartas de mulheres distantes saudosas ou não com retratos de crianças, capotes – uma guerra se faz com tudo, exige tudo, engole tudo.
De todas as partes do mundo conflui, por inumeráveis caminhos, material humano para essas filas de caminhões, essas filas que daqui a alguns quilômetros se desfarão, dissimulando-se e distribuindo-se ao longo da frente.

Entramos em uma cidade e durante 20 minutos avançamos por ruas onde não há uma só casa em pé.

Da primeira vez, confrangem essas ruas de casas estripadas que mostram as vísceras de suas paredes íntimas, num despudor de ruína completa.

Parecem mulheres de ventres rasgados.

Nesses montes de escombros estão soterrados os reinos íntimos, as antigas ternuras, as inúteis e longas discussões domésticas – e às vezes, num pedaço de parede que se equilibra entre ruínas, aparece, num ridículo macabro, a legenda de alguma fanfarronada fascista: Vincere! O mármore é barato, em toda parte topamos gravadas em mármores frases insolentes de Mussolini.

Essa pobre Itália está pagando bem caro os crimes de seu palhaço sangrento – e os cartazes meio rasgados nas paredes negras ainda ameaçam com a morte todos os que não pensam como o Chefe.

Avançamos entre os montões de tijolos, pó e traves quebradas.

Agora isso já não interessa aos nossos olhos: essa desgraça é monótona. Entretanto, nessa cidade devastada pela maldição da guerra, onde nem os ratos se arriscam mais, há alguma coisa que ainda chama a atenção e comove.

É um arbusto que tombou entre os escombros – mas em meio à montoeira do entulho ainda tenta sobreviver, e permanece verde, sugando, por escassos canais, debaixo da terra calcinada, alguma seiva rara.

E essa pequena árvore que se recusa a morrer, essa pequena árvore patética, é a única nota de humanidade do quarteirão arrasado.

Prossegue a nossa procissão, entre plantações de tomates e oliveiras de verde tênue.

Afinal o jipe se liberta e corre entre as campinas e os bosques de pinheiros e castanheiros.

Novembro, 1944

A MENINA SILVANA

A véspera tinha sido um dia muito duro: nossos homens atacaram uma posição difícil e tiveram de recuar depois de muitas horas de luta. Vocês já sabem dessa história, que aconteceu no fim de novembro. O comando elogiou depois os médicos que deixaram de se alimentar, abrindo mão de suas refeições para dá-las aos soldados. Um homem, entretanto, fora elogiado nominalmente: um pracinha, enfermeiro da companhia, chamado Martim Afonso dos Santos. Às nove horas da manhã – essa história também já chegou aí – Martim foi ferido por uma bala quando socorria um ferido na linha de frente. Não foi uma bala no peito; o projétil ficou alojado nas nádegas. Mas não importa onde a bala pegue um homem: o que importa é o homem. Martim Afonso dos Santos fez um curativo em si próprio e continuou a trabalhar. Até as onze e meia da noite atendeu aos homens de sua companhia. Só então permitiu que cuidassem de si.

Resolvi entrevistar Martim e fui procurá-lo num posto de tratamento da frente, onde me disseram que ele devia estar. Lá me informaram que ele tinha sido mandado para um hospital de evacuação, muitos quilômetros para a retaguarda – para encurtar conversa, eu andei mais tarde de posto em posto, de hospital em hospital, e até agora ainda não encontrei o diabo do pretinho. Encontrarei.

No posto de tratamento estavam dois homens que acabavam de ser feridos em um desastre de jipe e um outro com um estilhaço de granada na barriga da perna.

— Padioleiros, depressa!

Os homens saíram para apanhar o ferido – mas quando eles entraram, eu estava procurando o nome de Martim no fichário, e não ergui os olhos. O médico me informou que, como o ferimento era leve, eu devia procurá-lo em tal hospital; talvez já tivesse tido alta... Foi então que distraidamente me voltei para a mesa onde estava sendo atendido o último ferido – e tive uma surpresa. Quem estava ali não era um desses homens barbudos de botas enlameadas e uniforme de lã sujo que são os fregueses habituais do posto. O que vi ao me voltar foi um pequeno corpo alvo e fino que tremia de dor.

Um camponês velho deu as informações ao sargento: Silvana Martinelli, 10 anos de idade.

A menina estava quase inteiramente nua, porque cinco ou seis estilhaços de uma granada alemã a haviam atingido em várias partes do corpo. Os médicos e os enfermeiros, acostumados a cuidar rudes corpos de homens, inclinavam-se sob a lâmpada para extrair os pedaços de aço que haviam dilacerado aquele corpo branco e delicado como um lírio – agora marcado de sangue. A cabeça de Silvana descansava de lado, entre cobertores. A explosão estúpida poupara aquela pequena cabeça castanha, aquele perfil suave e firme que Da Vinci amaria desenhar. Lábios cerrados, sem uma palavra ou um gemido, ela apenas tremia um pouco – quando lhe tocavam num ferimento, contraía quase imperceptivelmente os músculos da face. Mas tinha os olhos abertos – e quando sentiu a minha sombra, ergueu-os um pouco. Nos seus olhos eu não vi essa expressão de cachorro batido dos estropiados, nem essa luz de dor e raiva dos homens colhidos no calor do combate, nem essa impaciência dolorosa de tantos feridos, ou o desespero dos que acham que vão morrer. Ela me olhou quietamente. A dor contraía-lhe, num pequeno tremor, as pálpebras, como se a luz lhe ferisse um pouco os olhos. Ajeitei-lhe a manta sobre a cabeça, protegendo-a da luz, e ela voltou a me olhar daquele jeito quieto e firme de menina correta.

Deus, que está no Céu – se é que, depois de tantos desgovernos cruéis e tanta criminosa desídia, ninguém o pôs para fora de lá, ou Vós mesmo, Senhor, não vos pejais de estar aí quando Vossos filhos andam neste inferno! – Deus sabe que tenho visto alguns sofrimentos de crianças e mulheres. A fome dessas meninas da Itália que mendigam na entrada dos acampamentos, a humilhação dessas mulheres que diante dos soldados trocam qualquer dignidade por um naco de chocolate – nem isso, nem o servilismo triste, mais que tudo, dos homens que precisam levar pão à sua gente, nada pode estragar a minha confortável guerra de correspondente. Vai-se tocando, vai-se a gente acostumando no ramerrão da guerra; é um ramerrão como qualquer outro: e tudo entra nesse ramerrão – a dor, a morte, o medo, o disco de Lili Marlene junto de uma lareira que estala, a lama, o vinho, a camarolo, a brutalidade, a ajuda, a ganância dos aproveitadores, o heroísmo, as cansadas pilhérias – mil coisas no

113

acampamento e na frente, em sucessão monótona. Esse corneteiro que o frio da madrugada desafina não me estraga a lembrança de antigos quartéis de ilusões, com alvoradas de violino – Senhor, eu juro, sou uma criatura rica de felicidades meigas, sou muito rico, muito rico, ninguém nunca me amargará demais. E às vezes um homem recusa comover-se: meninas da Toscana, eu vi vossas irmãzinhas do Ceará, barrigudinhas, de olhos febris, desidratadas, pequenos trapos de poeira humana que o vento da seca ia a tocar pelas estradas. Sim, tenho visto alguma coisa, e também há coisas que homens que viram me contam: a ruindade fria dos que exploram e oprimem e proíbem pensar, e proíbem comer, e até o sentimento mais puro torcem e estragam, as vaidades monstruosas que são massacres lentos e frios de outros seres – sim, por mais distraído que seja um repórter, ele sempre, em alguma parte em que anda, vê alguma coisa.

 Muitas vezes não conta. Há 13 anos trabalho neste ramo e – muitas vezes não conto. Mas conto a história sem enredo dessa menina ferida. Não sei que fim levou, e se morreu ou está viva, mas vejo seu fino corpo branco e seus olhos esverdeados e quietos. Não me interessa que tenha sido inimigo o canhão que a feriu. Na guerra, de lado a lado, é impossível, até um certo ponto, evitar essas coisas. Mas penso nos homens que começaram esta guerra e nos que permitiram que eles começassem. Agora é tocar a guerra – e quem quer que possa fazer qualquer coisa para tocar a guerra mais depressa, para aumentar o número de bombas dos aviões e tiros das metralhadoras, para apressar a destruição, para aumentar aos montes a colheita de mortes, será um patife se não ajudar. É preciso acabar com isso, e isso só se acaba a ferro e fogo, com esforço e sacrifícios de todos, e quem pode mais deve fazer muito mais, e não cobrar o sacrifício do pobre e se enfeitar com as glórias fáceis. É preciso acabar com isso, e acabar com os homens que começaram isso e com tudo o que causa isso – o sistema idiota e bárbaro de vida social, onde um grupo de privilegiados começa a matar quando não tem outro meio de roubar.

 Pelo corpo inocente, pelos olhos inocentes da menina Silvana (sem importância nenhuma no oceano de crueldades e injustiças), pelo corpo inocente, pelos olhos inocentes da menina Silvana (mas oh! hienas, oh!

porcos, de voracidade monstruosa, e vós também, águias pançudas e urubus, oh! altos poderosos de conversa fria ou voz frenética, que coisa mais sagrada sois ou conheceis que essa quieta menina camponesa?), pelo corpo inocente, pelos olhos inocentes da menina Silvana (oh! negociantes que roubais na carne, quanto valem esses pedaços estraçalhados?) – por esse pequeno ser simples, essa pequena coisa chamada uma pessoa humana, é preciso acabar com isso, é preciso acabar para sempre, de uma vez por todas.

Fevereiro, 1945

CRISTO MORTO

— Depois de uns vinte minutos você vai ver na frente, à esquerda, um morro com uma casinha branca, isolada, bem no cimo. Ali você sai da estrada e pega a *mulateira* que tem à sua esquerda. Dobre logo antes de uma capelinha arrebentada. Tome cuidado com o carro, porque ali o campo está minado.

Ouvindo essas indicações, saí pensando comigo mesmo que "uma capelinha arrebentada" é uma das indicações mais vagas que se pode dar a um viajante nesta região da Itália. É costume plantar igrejas no alto dos montes. Quando vem a guerra, essas igrejas são frequentemente usadas como Postos de Observação, e um P.O. é sempre um alvo frequentado pelas granadas da Artilharia.

Há tempos me levaram para ver um milagre: a Capela de Ronchidos, ou Ronchidosso, perto de Gaggio Montano, a 1.045 metros de altitude. Essa capela era um P.O. alemão que devassava incrivelmente as nossas linhas. Os americanos da 10ª Divisão de Montanha a ocuparam – mas antes disso a Capela recebeu fortes chacoalhadas de 105. Ficou completamente destruída, mas a santa foi encontrada intacta, com uma granada aos pés, uma granada que não explodira.

Mas depois desse milagre, vi um não milagre que me pareceu mais impressionante. Uma granada, não sei se nossa ou "deles", atingira uma capelinha poucos quilômetros à direita do Monte Castelo, e um pouco mais ao norte. Apenas duas paredes ficaram de pé: o teto e as outras paredes ruíram. Havia uma tela com uma imagem de uma santa que não identifiquei: e no fundo havia uma grande cruz de madeira onde estava pregado um Cristo em tamanho natural – refiro-me ao tamanho de Cristo feito homem, naturalmente.

A cruz, pintada de preto, não parecia ter sido atingida. Mas o Cristo, de massa cor de carne, fora decapitado por um estilhaço. A mão esquerda da imagem despregara-se do braço da cruz, e o braço caíra ao longo do corpo, que tombou para o lado direito. A mão direita continuava, entretanto, pregada, e os pés também. E aquele corpo sem cabeça, pendurado a uma só mão, com os joelhos curvados, parecia querer cair a qualquer momento sobre o monte de escombros. Entre as pedras e os tijolos alguém plantara, como legenda do quadro, um cartaz simples: "Perigo – Minas".

E então me ocorreu que não há minas somente para a imprudência dos pés senão também da cabeça. Não basta andar com todo cuidado – é preciso pensar, e (ainda mais aflitivo) é preciso sentir com todo cuidado. Lembrei-me de um verso de um poema que um amigo fez há tempos – "Vou soltar minha tristeza no pasto da solidão". Não se deve soltar: o pasto da solidão é cheio de minas.

Tudo isso podem ser ideias à toa, mas aquele Cristo decapitado depois de crucificado me pareceu mais cristão que a Madona intocada sorrindo com a granada aos pés, entre as ruínas de sua capela. Aquele pobre Cristo de massa, sem cabeça, pendendo para um só lado da cruz, me pareceu mais irmão dos homens, na sua postura dolorosa e ridícula, igual a qualquer outro morto de guerra, irmão desses cadáveres de homens arrebentados que tenho visto, e que deixam de ser homens, deixam de ser amigos ou inimigos para ser pobres bichinhos mortos, encolhidos e truncados, vagamente infantis, como bonecos destruídos.

O boneco de Deus estava ali. Perdera não apenas a cabeça, ainda mais. Perdera até a majestade que costuma ter o Cristo na Sua cruz, olhando-nos do alto do Seu martírio, dominando-nos do alto de Sua dor. Não dominava mais nada. Era um pobre boneco arrebentado e malseguro, numa postura desgraçada e grotesca. Era um morto da guerra.

E ai dos mortos! Que faremos com os mortos? Podem rezar missas aos potes para que as almas deles se salvem, mas eles não querem isso. Eles querem saber de nós – eles nos vigiam. Eles vigiam o nosso reino da terra; foi por esse reino que eles morreram. Estão espantados: querem saber por que morreram, para que morreram. Eles morreram muito jovens, quando ainda queriam viver mais; não gostaram da própria morte, por isso, não gostaram da guerra.

Enquanto um homem for dono deste campo e mais daquele campo, e outro homem se curvar, jornada após jornada, sobre a terra alheia ou alugada, e não tiver de seu nem o chão onde vai cair morto – esperem a guerra. Ela explodirá – enquanto não explodir estará lavrando surda. O homem rico lutará contra outro menos rico que também quer ficar mais rico, ou não quer ficar ainda menos rico; e o homem pobre lutará por ele, ou contra ele. Lutará para não perder o pouco que tem, ou lutará porque não tem nada a perder. De qualquer modo haverá guerra – e os bonecos serão outra vez arrebentados e estripados.

E os homens subirão até as igrejas, não para ver a Deus, mas para ver os outros homens que eles precisam matar. E o Cristo de massa perderá a cabeça outra vez; e não perderá grande coisa, porque o Cristo-Deus, o Cristo-Rei, esse já a perdeu há muito tempo.

O TELEFONE

Honrado Senhor Diretor da Companhia Telefônica:

Quem vos escreve é um desses desagradáveis sujeitos chamados assinantes; e do tipo mais baixo: dos que atingiram essa qualidade depois de uma longa espera na fila.

Não venho, senhor, reclamar nenhum direito. Li o vosso Regulamento e sei que não tenho direito a coisa alguma, a não ser a pagar a conta.

Esse Regulamento, impresso na página 1 de vossa interessante Lista (que é meu livro de cabeceira), é mesmo uma leitura que recomendo a todas as almas cristãs que tenham, entretanto, alguma propensão para o orgulho ou soberba. Ele nos ensina a ser humildes; ele nos mostra o quanto nós, assinantes, somos desprezíveis e fracos.

Aconteceu por exemplo, senhor, que outro dia um velho amigo deu-me a honra e o extraordinário prazer de me fazer uma visita. Tomamos uma modesta cerveja e falamos de coisas antigas – mulheres que brilharam outrora, madrugadas dantanho, flores doutras primaveras. Ia a conversa quente e cordial, ainda que algo melancólica, tal soem ser as parolas vadias de cupinchas velhos – quando o telefone tocou. Atendi. Era alguém que queria falar ao meu amigo. Um assinante mais leviano teria chamado o amigo para falar. Sou, entretanto, um severo respeitador do Regulamento; em vista do que comuniquei ao meu amigo que alguém lhe queria falar, o que infelizmente eu não podia permitir; estava, entretanto, disposto a tomar e transmitir qualquer recado. Irritou-se o amigo, mas fiquei inflexível, mostrando-lhe o artigo 2 do Regulamento, segundo o qual o aparelho instalado em minha casa só pode ser usado "pelo assinante, pessoas de sua família, seus representantes ou empregados".

Devo dizer que perdi o amigo, mas salvei o Respeito ao Regulamento; *dura lex sed lex*; eu sou assim. Sei também (artigo 4) que se minha casa pegar fogo terei de vos pagar o valor do aparelho – mesmo se esse incêndio (artigo 9) for motivado por algum circuito organizado pelo empregado da Companhia com o material da Companhia. Sei finalmente (artigo 11) que se, exausto de telefonar do botequim da esquina a essa distinta Companhia para dizer que meu aparelho não funciona, eu vos chamar e vos disser, com lealdade e com as únicas expressões adequadas, o meu pensamento, ficarei eternamente sem telefone, pois "o uso de linguagem obscena constituirá motivo suficiente para a Companhia desligar e retirar o aparelho".

Enfim, senhor, eu sei tudo; que não tenho direito a nada, que não valho nada, não sou nada. Há dois dias meu telefone não fala, nem ouve, nem toca, nem tuge, nem muge. Isso me trouxe, é certo, um certo sossego ao lar. Porém amo, senhor, a voz humana; sou uma dessas criaturas tristes e sonhadoras que passa a vida esperando que de repente a Rita Hayworth me telefone para dizer que o Ali Khan morreu e ela está ansiosa para gastar com o velho Braga o dinheiro de sua herança, pois me acha muito simpático e insinuante, e confessa que em Paris muitas vezes se escondeu em uma loja defronte do meu hotel só para me ver entrar.

Confesso que não acho tal coisa provável: o Ali Khan ainda é moço, e Rita não tem o meu número. Mas é sempre doloroso pensar que se tal coisa acontecesse eu jamais saberia – porque meu aparelho não funciona. Pensai nisso, senhor: pensai em todo o potencial tremendo de perspectivas azuis que morre diante de um telefone que dá sempre sinal de ocupado – *cuém cuém cuém* – quando na verdade está quedo e mudo na minha modesta sala de jantar. Falar nisso, vou comer; são horas. Vou comer contemplando tristemente o aparelho silencioso, essa esfinge de matéria plástica: é na verdade algo que supera o rádio e a televisão, pois transmite não sons nem imagens, mas sonhos errantes no ar.

Mas batem à porta. Levanto o escuro garfo do magro bife e abro. Céus, é um empregado da Companhia! Estremeço de emoção. Mas ele me estende um papel: é apenas o cobrador. Volto ao bife, curvo a cabeça, mastigo devagar, como se estivesse mastigando meus pensamentos, a longa tristeza de minha humilde vida, as decepções e remorsos. O telefone continuará mudo; não importa: ao menos é certo, senhor, que não vos esquecestes de mim.

Rio, março de 1951

OS PERSEGUIDOS

Ainda tirei o maço de cigarros do bolso para conferir novamente o número do apartamento, que anotara ali: 910. Apertei o botão da campainha. Atrás de mim, o Moreira, muito sujo, arfava; subíramos os três últimos andares pela escada, por precaução; e depois de um mês de cadeia ele não estava muito forte. Soube que mais de uma vez fora surrado; ficara dias sem comer, e sem sair de seu cubículo escuro, e por isso tinha aquela cara de retirante ou de cão batido. Não um cão batido – pois seus olhos estavam muito acesos, como se tivesse febre, e sua voz me parecia ao mesmo tempo mais rouca e mais alta. Sua aparência me impressionava; mas acima de qualquer sentimento eu tinha o desgosto de vê-lo tão sujo; de suas roupas miseráveis desprendia-se um cheiro azedo; e eu tinha a penosa impressão de que ele não dava importância alguma a isso. É estranho que ele me tratasse agora com certa superioridade; entretanto, eu tinha pena dele; pena e desgosto.

Como ninguém viesse, apertei novamente o botão. Moreira esboçou um gesto como se quisesse deter meu braço, evitar que eu tocasse outra vez; sua mão estava trêmula, ele parecia ter medo. Mas naquele mesmo instante a porta se abriu, e uma empregada de meia-idade, em uniforme, nos atendeu. Disse o nome – e ela nos mandou entrar. Então me vi marchando por um macio tapete claro, numa grande sala; junto às paredes, amplos sofás; e havia espelhos venezianos, enormes vasos de porcelana, quadros a óleo, flores. Um luxo de coisas e de espaço.

— Tenham a bondade de sentar e esperar um momento.

Logo que ela saiu, levantei-me e fui à janela. Era uma janela imensa, rasgada sobre o mar, o grande mar azul que arfava debaixo do sol. Nós tínhamos vivido aqueles tempos em quartos apertados e quentes, de uma só e miserável janela, dando para uma parede suja; nós vínhamos de casinhas de subúrbio, cheias de gente, feias e tristes; ou de cubículos imundos e frios; ou de uma enfermaria geral, com cheiro de iodofórmio. Entretanto, aquele apartamento de luxo não me espantara; apenas eu sentia que Moreira estava humilhado de estar ali. Mas essa vista do mar foi minha surpresa. Nos últimos tempos eu passava raramente junto do mar, e creio que nem o olhava; vivíamos como se fosse em outra cidade, afundados em seu interior, marchando por ruas de paralelepípedos desnivelados e bondes barulhentos. E ali estava o mar, muito mais amplo do que o mar que poderia ser visto lá embaixo, da rua, pelos pobres; o mar dos ricos era imenso, e mais puro e mais azul, pompeando sua beleza na curva rasgada de longínquos horizontes, enfeitado de ilhas, eriçado de espumas. E o vento tinha um gosto livre e virgem, um vento bom para se encher o pulmão.

Inspirei profundamente esse ar salgado e limpo; e tive a estranha impressão de que estava respirando um ar que não era meu e eu nem sequer o merecia. O ar de nós outros, os pobres, era mais quente e parado; tinha poeira e fumaça o ar dos pobres.

Rio, agosto de 1952

CANSAÇO

A verdade é que o Brasil às vezes enche... A gente vai achando interessantes as conversas: o presidente disse ao ministro fulano que o ministro sicrano era assim ou assado; ontem houve uma briga naquela boate entre fulano e sicrano por causa da mulher de beltrano; joão conseguiu levantar 15 milhões de cruzeiros no Banco do Brasil; pedro vai ser nomeado embaixador; manuel já está arrumando as gavetas para deixar o cargo; joaquim avalizou uma promissória em troca de uma promessa do antônio de não atacar fagundes; o deputado tal recebeu as provas de uma tremenda bandalheira que, entretanto, ao que parece, não revelará; os generais antão e beltrão estão encabeçando um movimento no Exército no sentido de fazer sentir ao ministro que não é conveniente a promulgação de tal projeto; praxedes já está convidando gente para formar seu gabinete; um grupo de industriais vai promover uma campanha para evitar a exportação de barbatimão para o Irã; um parente do presidente prometeu grandes ajudas se lhe derem a diretoria da associação meridional de tênis de mesa... E notícias sobre deputados estaduais e jogo de bicho, sobre Cexim, Cofap... O Brasil, às vezes, enche. Principalmente nesta grande e quente aldeia que é o Rio de Janeiro onde, com meia hora de conversa em um clube ou uma boate, qualquer pessoa física fica sabendo das ligações, dos compromissos, das fraquezas e das tediosas intimidades de um pequeno grupo de pessoas que se ajudam, se enganam, se friccionam e se alisam – essas pessoas que se acreditam e, ao menos aparentemente, são mesmo o Brasil. Pessoas eternas; podem sumir da vida pública depois de anos e anos de destaque, e também de incompetência, fraqueza, desonestidade; subitamente, alguém tem um ataque de imaginação e as chama de volta, como se houvesse neste país uma trágica miséria de gente.

Pedro Nava costuma dizer que o brasileiro é tão desleixado que só enterra o morto da família porque, se não enterrar, o morto começa a cheirar mal. E não fosse isso – diz ele, que é médico, e conhece por dentro a displicência de nossa gente – um parente deixaria que outro fosse providenciar os papéis; o outro deixaria para amanhã, amanhã diria que afinal quem devia ver isso era o tonico, prometia ver, mas depois que acabasse a irradiação do jogo, e afinal no dia seguinte explicaria que encontrara um amigo que tinha um conhecido numa empresa fúnebre e prometera ver se conseguia um enterro de primeira por preço de segunda – assim por diante. A defesa do morto é mesmo cheirar mal. Mas a dos vivos, a de certos vivos, não. Parece que quanto mais cheiram mal, melhor. Por favor, não pensem que eu estou me referindo a fulano ou a sicrano. Não estou me referindo especialmente a ninguém; estou apenas, neste fim de tarde, depois de um dia em que ouvi tanta conversa, um pouco fatigado de nosso querido Brasil.

Porque, o Brasil, às vezes, enche.

Rio, outubro de 1952

Aqui estamos juntos tão à vontade

A COMPANHIA DOS AMIGOS

O jogo estava marcado para as 10 horas, mas começou quase 11. O time de Ipanema e Leblon tinha alguns elementos de valor, como Aníbal Machado, Vinicius de Moraes, Lauro Escorel, Carlos Echenique, o desenhista Carlos Thiré, e um cunhado do Aníbal que era um extrema-direita tão perigoso que fui obrigado a lhe dar uma traulitada na canela para diminuir-lhe o entusiasmo. Eu era beque do Copacabana e atrás de mim estava o guardião e pintor Di Cavalcanti. Na linha média e na atacante jogavam um tanto confusamente Augusto Frederico Schmidt, Fernando Sabino, Orígenes Lessa, Newton Freitas, Moacir Werneck de Castro, o escultor Pedrosa, o crítico Paulo Mendes Campos. Não havia juiz, o que facilitou muito a movimentação da peleja, que se desenrolou em três tempos, ficando convencionado que houve dois jogos. Copacabana venceu o primeiro por 1×0 (houve um gol deles anulado porque Di Cavalcanti declarou que passara por cima da trave; e, como não havia trave, ninguém pôde desmentir). O segundo jogo também vencemos, por 2 a 1. Esse 1 deles foi feito passando sobre o meu cadáver. Senti um golpe no joelho, outro nos rins e outro na barriga; elevei-me no ar e me abati na areia, tendo comido um pouco da mesma.

A torcida era composta de variegadas senhoras que ficavam sob as barracas e chupavam melancia. Uma saída do *center-forward* Schmidt (passando a bola gentilmente para trás, para o *center-half*) e uma defesa de Echenique foram os instantes de maior sensação.

Carlos Drummond de Andrade deixou de comparecer, assim como outros jogadores do Copacabana, como Sérgio Buarque de Holanda e Chico Assis Barbosa. Afonso Arinos de Melo Franco jogará também no próximo encontro, em que o Leblon terá o reforço de Fernando Tude e Edison Carneiro, além de Otávio Dias Leite e outros. Joel Silveira mora em Botafogo, mas como sua casa é perto do Túnel Velho jogará no Copacabana.

Assim nos divertimos nós, os cavalões, na areia. As mulheres riam de nosso "prego". Suados, exaustos de correr sob o sol terrível na areia quente e funda, éramos ridículos e lamentáveis, éramos todos profundamente derrotados. Ah, bom tempo em que eu jogava um jogo inteiro – um meia-direita medíocre mas furioso – e ainda ia para casa chutando toda pedra que encontrava no caminho.

Depois mergulhamos na água boa e ficamos ali, uns trinta homens e mulheres, rapazes e moças, a bestar e conversar na praia. Doce é a companhia dos amigos; doce é a visão das mulheres em seus maiôs, doce é a sombra das barracas; e ali ficamos debaixo do sol, junto do mar, perante as montanhas azuis. Ah, roda de amigos e mulheres, esses momentos de praia serão mais tarde momentos antigos. Um pensamento horrivelmente besta, mas doloroso. Aquele amará aquela, aqueles se separarão; uns irão para longe, uns vão morrer de repente, uns vão ficar inimigos. Um atraiçoará, outro fracassará amargamente, outro ainda ficará rico, distante e duro. E de outro ninguém mais ouvirá falar, e aquela mulher que está deitada, rindo tanto sua risada clara, o corpo molhado, será aflita e feia, azeda e triste.

*

E houve o Natal. Os Bragas jamais cultivaram com muito ardor o Natal; lembro-me que o velho sempre gostava de reunir a gente num jantar, mas a verdade é que sempre faltava um ou outro no dia. Nossas grandes festas eram São João e São Pedro – em São João havia fogueira no quintal, perto do grande pé de fruta-pão, e em São Pedro, padroeiro da cidade, havia uma tremenda batalha naval aérea inesquecível de fogos de artifício. Hoje não há mais nem São João, nem São Pedro, e continua não havendo Natal. Tomei um suco de laranja e fui dormir. A cidade estava insuportável, com milhões de pessoas na rua, os caixeiros exaustos, os preços arbitrários, o comércio, com o perdão da palavra, lavando a égua, se enchendo de dinheiro. Terá nascido Cristo para todo ano dar essa enxurrada de dinheiro aos senhores comerciantes, que já em novembro começam a espreitar o pequenino berço na estrebaria com um olhar cúpido?

Atravessarei o ano na casa fraterna de Vinicius de Moraes. Estaremos com certeza bêbedos e melancólicos – mas, em todo caso, meus amigos, se eu não ficar melancólico farei ao menos tudo para ficar bêbedo. Como passam anos! Ultimamente têm passado muitos anos. Mas não falemos nisso.

Dezembro, 1945

DO CARMO

Encontro na praia um velho amigo. Há anos que a vida nos jogou para lados diferentes, em profissões diversas; e nesses muitos anos apenas nos vimos ligeiramente uma vez ou outra. Mas aqui estamos de tanga, em pleno sol, e cada um de nós tem prazer em constatar que não envelheceu sozinho. E cata, com amável ferocidade, os sinais de decadência do outro. Lamentamo-nos, mas por pouco tempo; logo, num movimento de bom humor, resolvemos descobrir que, afinal de contas, nossa idade é confortável, e mesmo, bem pensadas as coisas, estimável. Quem viveu a vida sem se poupar, com a alma e o corpo, e recebeu todas as cargas em seus nervos pode conhecer, como nós dois, essa vaga sabedoria animal de envelhecer sem remorsos.

Lembramos os amigos de quinze a vinte anos atrás. Um enlouqueceu, outro morreu de beber, outro se matou, outro ficou religioso e muito rico; há outros que a gente encontra às vezes numa porta de cinema ou numa esquina de rua.

E Do Carmo?

Respondo que há uns dez anos atrás, quando andava pelo Sul, tive notícias de que ela estava na mesma cidade; mas não a vi. Nenhum de nós sabe que fim levou essa Maria do Carmo de cabelos muito negros e olhos quase verdes, a alta e bela Do Carmo. E sua evocação nos comove, e quase nos surpreende, como se, de súbito, ela estivesse presente na praia e estirasse seu corpo lindo entre nós dois, na areia. Falamos de sua beleza; nenhum de nós sabe que história pessoal o outro poderia contar sobre Do Carmo, mas resistimos sem esforço à tentação de fazer perguntas; não importa o que tenha havido; afinal foi com outro homem, nem eu, nem ele, que Do Carmo partiu para seu destino; e a verdade é que deixou nele e em mim a mesma lembrança misturada de adoração e de encanto.

Não teria sentido reencontrá-la hoje; dentro de nós ela permanece como um encantamento, em seu instante de beleza. Maria do Carmo "é uma alegria para sempre", e sua lembrança nos faz mais amigos.

Depois falamos de negócios, família, política, a vida de todo o dia. Voltamos ao nosso tempo, regressamos a hoje e tornamos a voltar.

E de súbito corremos para a água e mergulhamos, com o vago sentimento de que essa água sempre salgada, impetuosa e pura, não limpa somente a areia de nosso corpo; tira também um pouco a poeira que na alma vai deixando a passagem das coisas e do longo tempo.

Rio, novembro de 1951

NATAL

É noite de Natal, e estou sozinho na casa de um amigo, que foi para a fazenda. Mais tarde talvez saia. Mas vou me deixando ficar sozinho, numa confortável melancolia, na casa quieta e cômoda. Dou alguns telefonemas, abraço à distância alguns amigos. Essas poucas vozes, de homem e de mulher, que respondem alegremente à minha, são quentes, e me fazem bem. "Feliz Natal, muitas felicidades!"; dizemos essas coisas simples com afetuoso calor; dizemos e creio que sentimos; e como sentimos, merecemos. Feliz Natal!

Desembrulho a garrafa que um amigo teve a lembrança de me mandar ontem; vou lá dentro, abro a geladeira, preparo um uísque, e venho me sentar no jardinzinho, perto das folhagens úmidas. Sinto-me bem, oferecendo-me este copo, na casa silenciosa, nessa noite de rua quieta. Este jardinzinho tem o encanto sábio e agreste da dona da casa que o formou. É um pequeno espaço folhudo e florido de cores, que parece respirar; tem a vida misteriosa das moitas perdidas, um gosto de roça, uma alegria meio caipira de verdes, vermelhos e amarelos.

Penso, sem saudade nem mágoa, no ano que passou. Há nele uma sombra dolorosa; evoco-a neste momento, sozinho, com uma espécie de religiosa emoção. Há também, no fundo da paisagem escura e desarrumada desse ano, uma clara mancha de sol. Bebo silenciosamente a essas imagens da morte e da vida; dentro de mim elas são irmãs. Penso em outras pessoas. Sinto uma grande ternura pelas pessoas; sou um homem sozinho, numa noite quieta, junto de folhagens úmidas bebendo gravemente em honra de muitas pessoas.

De repente um carro começa a buzinar com força, junto ao meu portão. Talvez seja algum amigo que venha me desejar Feliz Natal ou convidar para ir a algum lugar. Hesito ainda um instante; ninguém pode pensar que eu esteja em casa a esta hora. Mas a buzina é insistente. Levanto-me com certo alvoroço, olho a rua, e sorrio: é um caminhão de lixo. Está tão carregado, que nem se pode fechar; tão carregado como se trouxesse todo o lixo do ano que passou, todo o lixo da vida que se vai vivendo. Bonito presente de Natal!

O motorista buzina ainda algumas vezes, olhando uma janela do sobrado vizinho. Lembro-me de ter visto naquela janela uma jovem mulata de vermelho, sempre a cantarolar e espiar a rua. É certamente a ela quem procura o motorista retardatário; mas a janela permanece fechada e escura. Ele movimenta com violência seu grande carro negro e sujo; parte com ruído, estremecendo a rua.

Volto à minha paz, e ao meu uísque. Mas a frustração do lixeiro e a minha também quebraram o encanto solitário da noite de Natal. Fecho a casa e saio devagar; vou humildemente filar uma fatia de presunto e de alegria na casa de uma família amiga.

Rio, dezembro de 1951

132

O VELHO

Faz 60 anos este mês esse grande pessimista de coração de menino que se chama Graciliano Ramos.
Para mim ele sempre foi "o velho Graça". Tenho tido na minha obscura vida mais honras que mereço: uma grande, e que especialmente me comove, foi a de ter sido seu companheiro de pensão, há uns quinze ou dezesseis anos atrás.
Meu quarto era de frente, na Corrêa Dutra, e dava para a ruazinha cheia de pensões, inclusive a casa das irmãs Batista. Seu quarto era o dos fundos, e dava para o zinco de uma grande garagem imensa, onde passeavam gatos vagabundos. Acho que foi Lúcio Rangel que nos levou para ali, eu com minha mulher, ele com a dele e duas meninas.
Até hoje não descobri com que artes heroicas sempre conseguimos, ainda que com atraso, pagar a pensão àquela velhinha meio pancada que só o chamava de Braziliano e nos explicava tranquilamente, quando a comida piorava muito, ou não havia manteiga no café da manhã, que fora infeliz na roleta; jogava sempre no número da catacumba do Flori, seu marido; mas o finado não dava muita sorte.
Eu ainda poderia lembrar aquele "tira" que ficou estupefato, quando começou a falar de Victor Hugo na mesa, para brilhar na conversação, e Graciliano, chateado, decretou rispidamente: "Victor Hugo era uma besta"; do intendente naval e sua senhora, que não era sua senhora; do Vanderlino; da alegre pensão do lado, com a bela morena que às vezes ficava nua com a janela aberta; da cerveja do botequim da esquina de Bento Lisboa.
Mas são tudo coisas vulgares em si mesmas, e ainda mais o seriam para o leitor, que as não viu, nem viveu. O que as torna grandes para mim é a sua ligação com a figura desse sertanejo amargo e amigo que saíra da cadeia de cabeça raspada, saúde estragada e sem tostão, e não se queixava, nem pedia nada a ninguém. Acordava cedo, lavava a cara quando o dia ainda estava clareando e ali no quarto onde a mulher e as filhas ainda dormiam, abria o armário de pinho envernizado, tomava um trago de cachaça, tirava da carteira seis cigarros Selma, batia-os e

apertava o seu fumo até que a parte da ponta da cortiça ficasse vazia, dispunha-os na mesa, colocava ao lado seis paus de fósforos, abria o tinteiro, pegava a caneta – e lentamente, com sua letra retilínea, onde até as emendas são rigorosamente corretas, escrevia um capítulo de romance numa prosa seca, precisa, limpa e entretanto estranhamente sensível, que é das melhores que já foram escritas em língua portuguesa.

Doente e pobre, o velho Graça vai fazer 60 anos. Nossa amizade, que nenhuma diferença de política jamais afetou, sempre foi seca de expressões, econômica de gestos e palavras. Conheço o velho. Ele dirá algum desaforo amigável quando ler estas linhas. Mas não evitará o comovido abraço que lhe mando.

Correio da Manhã, 21 de outubro de 1952

LEMBRANÇAS

Zico Velho –
Aqui vamos pelejando neste largo verão. Escrevo com janelas e portas abertas, e a fumaça de meu cigarro sobe vertical. A única aragem é a das saudades; e por sinal que me aconteceu ontem lembrar um outro verão carioca de que nem eu nem você teremos saudade.

Cada um de nós tinha apenas um costume de casimira, e batíamos em vão as ruas do centro, a suar, procurando algum jeito de arranjar algum dinheiro; era horrível. Ainda hoje, quando passo pela esquina de Ouvidor e Gonçalves Dias me detenho um pouco, para gozar a pequena brisa que sempre sopra naquela esquina. Ali ficávamos os dois, abrindo o paletó, passando o lenço na testa: a brisa da esquina era amiga na cidade hostil. Na Avenida, olhávamos com inveja as pessoas que tomavam aquele espumoso refresco de coco da Simpatia; entrávamos em Ouvidor, parávamos um pouco na esquina e depois íamos à Colombo beber um copo de água gelada. A brisa e o copo de água da Colombo eram o nosso momento de oásis; e o copo de água traiu você!

Foi naquela porta (eu não estava nesse dia) que um sujeito da Polícia Política lhe bateu no ombro – e eu perdi por muito tempo o amigo e a sua clara gargalhada que me confortava naquele período de miséria e aflição. Escondi-me num subúrbio, depois fugi da cidade passando a barreira de "tiras" com uma carteira do Flamengo adulterada.

Essas coisas me fazem lembrar outras, também ásperas e tristes; estou num dia de lembranças ruins. Quando hoje vejo moços a falar no tédio da vida, tenho inveja: nós nunca tivemos tempo para sentir tédio. Como éramos pobres, como éramos duros! Um conterrâneo que a gente encontrava na rua e nos pagava meia dúzia de chopes na Brahma nos parecia um enviado de Deus; os chopes nos faziam alegres, e o gesto amigo nos enchia o coração; lembro-me de ter ido para casa a pé, sem 200 réis para o bonde, porque inteirara uma gorjeta de um desses enviados de Deus e rejeitara, como um príncipe, o dinheiro que ele me queria emprestar.

Sim, nós éramos estranhos príncipes; e as aflições e humilhações da miséria nunca estragaram os momentos bons que a gente podia surripiar da vida – uma boca fresca de mulher, a graça de um samba, a alegria de um banho de mar, o gosto de tomar uma cachaça pela madrugada com um bom amigo, a falar de amores e de sonhos.

Assim aprendemos a amar esta cidade; se o pobre tem aqui uma vida muito dura, e cada dia mais dura, ele sempre encontra um momento de carinho e de prazer na alma desta cidade, que é nobre e grande sobretudo pelo que ela tem de leviana, de gratuita, inconsequente, boêmia e sentimental.

Aníbal Machado, quando não tinha mais onde se esconder dos credores, passava o dia alegremente no banho de mar; e eu me lembro de uma noite em que não havia jantado e não sabia onde dormir, entrei ao acaso num botequim de Botafogo e um bêbedo desconhecido me deu um convite para um baile onde havia chope e sanduíche de graça.

Assim era esta cidade, e assim a conserve Deus, para salvar do desespero o pobre, o perseguido, o humilhado, e abençoá-lo com um instante de evasão e de sonho.

Quem lhe escreve, Zico, é um senhor quase gordo, de cabelos grisalhos; se algum rapaz melancólico ler esta correspondência entre velhos amigos, talvez ele compreenda que ainda se pode, à tardinha, ouvir as cigarras cantar nas árvores da rua; e, na boca da noite, aprender, em qualquer porta de boteco, os sambas e marchas do Carnaval que aí vem; que às vezes ainda vale a pena ver o sol nascer no mar; e que a vida poderia ser pior, se esta cidade fosse menos bela, insensata e frívola.

Janeiro, 1953

VELHAS CARTAS

"Você nunca saberá o bem que sua carta me fez..." Sinto um choque ao ler esta carta antiga que encontro em um maço de outras. Vejo a data, e então me lembro onde estava quando a recebi. Não me lembro é do que escrevi que fez tanto bem a uma pessoa. Passo os olhos por essas linhas antigas, elas dão notícias de amigos, contam uma ou outra coisa do Rio, e tenho curiosidade de ver como ela se despedia de mim. É do jeito mais simples: "A saudade de..."

Agora folheio outras cartas de amigos e amigas; são quase todas de apenas dois ou três anos atrás. Mas, como isso está longe! Sinto-me um pouco humilhado pensando como certas pessoas me eram necessárias e agora nem existiriam mais na minha lembrança se eu não encontrasse essas linhas rabiscadas em Londres ou na Suíça. "Cheguei neste instante; é a primeira coisa que faço, como prometi, escrever para você, mesmo porque durante a viagem pensei demais em você..."

Isto soa absurdo a dois anos e meio de distância. Não faço a menor ideia do paradeiro dessa mulher de letra redonda; ela, com certeza, mal se lembrará do meu nome. E esse casal, santo Deus, como era amigo: fazíamos planos de viajar juntos pela Itália; os dias que tínhamos passado juntos eram "inesquecíveis".

E esse amigo como era amigo! Entretanto, nenhum de nós dois se lembrou mais de procurar o outro.

Essa que se acusa e se desculpa de me haver maltratado – "*mais pourquoi alors ai-je été si méchante... j'ai dû te blesser, pardon... oh, j'étais vraiment stupide et tu dois l'oublier... je veux te revoir...*", mas eu não me lembro de mágoa nenhuma, seu nome é apenas para mim uma doçura distante.

E que terríveis negócios planejava esse meu amigo de sempre! Sem dúvida iríamos ficar ricos, o negócio era fácil e não podia falhar, ele me escrevia contente de eu ter topado com entusiasmo a ideia, achava a sugestão que eu fizera "batatal", dizia que era preciso "agir imediatamente". É extraordinário que nunca mais tenhamos falado de um negócio tão maravilhoso.

Aqui, outro amigo escreve do Rio para Paris me pedindo um artigo urgente e grande "sobre a situação atual da literatura francesa, pelo menos dez páginas, nossa revista vai sair dia 15, faça isso com urgência, estamos com quase toda a matéria pronta". Não fiz o artigo, a revista não saiu, a literatura francesa não perdeu nada com isso, a brasileira, muito menos.

As cartas mais queridas, as que eram boas ou ruins demais, eu as rasguei há muito. Não guardo um documento sequer das pessoas que mais me afligiram e mais me fizeram feliz. Ficaram apenas, dessa época, essas cartas que na ocasião tive pena de rasgar e depois não me lembrei de deitar fora. A maioria eu guardei para responder depois, e nunca o fiz. Mas também escrevi muitas cartas e nem todas tiveram resposta.

Imagino que em algum lugar do mundo há alguém que neste momento remexe, por acaso, uma gaveta qualquer, encontra uma velha carta minha, passa os olhos por curiosidade no que escrevi, hesita um instante em rasgar, e depois a devolve à gaveta com um gesto de displicência, pensando, talvez: "é mesmo, esse sujeito onde andará? Eu nem me lembrava mais dele..."

E agradeço a esse alguém por não ter rasgado a minha carta: cada um de nós morre um pouco quando alguém, na distância e no tempo, rasga alguma carta nossa, e não tem esse gesto de deixá-la em algum canto, essa carta que perdeu todo o sentido, mas que foi um instante de ternura, de tristeza, de desejo, de amizade, de vida – essa carta que não diz mais nada e apenas tem força ainda para dar uma pequena e absurda pena de rasgá-la.

Dezembro, 1953

NÓS, IMPERADORES SEM BALEIAS

Foi em agosto de 1858 que correu na cidade o boato de que havia duas baleias imensas em Copacabana. Todo mundo se mandou para essa praia remota, muita gente dormiu lá em barracas, entre fogueiras acesas, e Pedro II também foi com gente de sua imperial família ver as baleias. O maior encanto da história é que não havia baleia nenhuma. Esse imperador saindo de seus paços, viajando em carruagem, subindo o morro a cavalo para ver as baleias, que eram boato, é uma coisa tão cândida, é um Brasil tão bobo e tão bom!

Pois bem. No começo da última guerra havia uns rapazes que se juntavam no Bar Vermelhinho, para beber umas coisas, ver as moças, bater papo.

Ah! – como dizia o Eça – éramos rapazes! E entre nós havia um poeta que uma tarde chegou com os olhos verdes muito abertos, atrás dos óculos, falando baixo, portador de uma notícia extraordinária: a esquadra inglesa estava ancorada na lagoa Rodrigo de Freitas!

Ah!, éramos rapazes! Visualizamos num instante aquela beleza, a esquadra amiga, democrática, evoluindo perante o Jockey Club, abençoada pelo Cristo do Corcovado entre as montanhas e o mar. Eu me ri e disse: poeta, que brincadeira, como é que a esquadra ia passar por aquele canal? Ele respondeu: pois é, isto é que é espantoso!

Em volta, as moças acreditavam. Em que as moças não acreditam? Elas não sabem geografia nem navegação, são vagas a respeito de canais, e se não acreditarem nos poetas, como poderão viver? Mas houve protestos prosaicos: não era possível! O poeta tornou-se discreto, falava cada vez mais baixo: está lá. E como as dúvidas fossem crescendo, grosseiras, ele confidenciou: quem viu foi Dona Heloísa Alberto Torres!

Ficamos um instante em silêncio. O nome de uma senhora ilustre, culta, séria e responsável era colocado no mastro-real da capitânia da esquadra do Almirante Nélson pelas mãos do poeta. E o poeta sussurrou: eu vou para lá. Então as moças também quiseram ir, e como é bom que rapazes e moças andem juntos, nós partimos todos alegremente – ah!, éramos rapazes! –, mesmo porque lá havia outro bar, no Sacopã.

Já havia o Corte do Cantagalo? Não havia o Corte do Cantagalo? A tarde era fresca e bela, não me lembro mais de nosso caminho, lembro da viagem, as moças rindo. Tudo sobre nossas cabeças de jovens era pardo, o governo era nazista, a gente lutava entre a cadeia e o medo, com fome de liberdade – e de repente a esquadra inglesa, tangida pelo poeta, na lagoa Rodrigo de Freitas! Fomos, meio bebidos, nosso carro desembocou numa rua, noutra, grande emoção – a lagoa! Estava mais bela do que nunca, levemente crespa na brisa da tarde, debaixo do céu azul de raras nuvens brancas perante as montanhas imensas.

Não havia navios. Rimos, rimos, rimos, mas o poeta, de súbito, sério, apontou: olhem lá. Céus! Na distância das águas havia um mastro, nele uma flâmula que a brisa do Brasil beijava e balançava, antes te houvessem roto na batalha que servires a um povo de mortalha! O encantamento durou um instante, e nesse instante caiu o Estado Novo, morreram Hitler e Mussolini, as prisões se abriram, raiou o sol da liberdade – mas um desalmado restaurou a negra, assassina, ladravaz ditadura com quatro palavras: é o Clube Piraquê de mastro novo! Aquilo é o Clube, não é navio nenhum!

Então bebemos, o entardecer era lindo na beira da lagoa, as moças ficaram meigas, eu consolei a todos com a história do imperador sem baleias. O poeta Vinicius disse: nós somos imperadores sem baleias! Ah!, éramos rapazes!

Março, 1954

O POETA

Como Carlos Drummond de Andrade está em férias no *Correio da Manhã*, e sabendo que havia coisas estranhas em sua rua, para lá nos dirigimos a pé, na manhã de terça-feira.

Na verdade, a agitação era grande na rua Joaquim Nabuco; era grande, mas relativamente pacífica, pois terça é dia de feira ali. Avançamos entre mangas, tomates e abacaxis até a casa do poeta, que encontramos de busto nu, a responder cartões de boas-festas, e se queixando ardentemente do calor. (Lembramos que terça-feira, 28, o sudoeste refrigerante e quiçá chuvento só chegou ao posto 6 entre 12h30 e 12h35, conforme pudemos observar pessoalmente na praia do Arpoador.)

Estava naturalmente fatigado, pois acordara antes das três da madrugada, como acontece todas as terças, devido ao ruído dos caminhões que descarregam os caixotes e dos feirantes que descarregam palavrões debaixo de sua janela.

Contou-nos então o poeta (cujo novo livro, *Fazendeiro do ar*, em um volume que reúne toda sua obra anterior, José Olympio acaba de lançar, juntamente com as *Poesias completas* até agora de Manuel Bandeira, o que quer dizer que o leitor pode ter, em apenas dois volumes, a obra total dos dois maiores poetas do Brasil de hoje), contou-nos que da feira não se queixava, e quanto à falta d'água devia reconhecer que o sr. Café Filho, morador na segunda esquina à direita, é uma vítima (evidentemente voluntária) que de algum modo o consolava, mas que estava solidário com os homens e mulheres de sua rua que haviam lançado uma campanha de cartazes, telefonemas e outros protestos contra a seca. Os cartazes, nós lemos, uns plangentes – "Água, pelo amor de Deus", outros reivindicativos – "Exigimos água!", outros até gaiatos, quando não fúnebres. Ficamos sabendo, além disso, que o manobreiro esteve quase levando uma surra, pois o culpam de malícia no desviar a água para casas de outras ruas cujos moradores excedem nas gorjetas. Como todo mundo na rua montou um injetor, o poeta acabou montando também um injetor; mas exatamente porque todo mundo tem injetor o injetor não injeta nada, mesmo porque não há nada a injetar; fez construir também uma caixa maior, para agasalhar o líquido no caso de ele aparecer; e, em resumo, ao longo dos anos e das secas, o poeta, homem de posses muito moderadas, já gastara cerca de 40 mil cruzeiros (era dinheiro), além das taxas municipais, que deveriam bastar para ter uma água, que não tem. Além disso, perde noites de sono, à espreita do momento de ligar o injetor ou a bomba, e essa insônia forçada e prosaica fatiga o homem e deprime o poeta.

Ora, sr. Alim Pedro, se é sua intenção castigar o presidente Café Filho pelo fato de havê-lo nomeado prefeito desta bagunça e por isso não lhe dá água, está bem; mas esse castigo envolve muitas outras pessoas inocentes da rua Joaquim Nabuco, inclusive um grande poeta que esta cidade deveria respeitar e honrar, e não perturbar, empobrecer, irritar e deprimir, como está fazendo.

Compre o livro de Carlos Drummond de Andrade, sr. Alim Pedro, leia-o, e, se tem alguma sensibilidade, o senhor se envergonhará de não fornecer sequer água a quem lhe oferece o ouro das nuvens, o licor dos sonhos e o diamante da mais pura poesia.

Correio da Manhã, 29 de dezembro de 1954

OS AMIGOS NA PRAIA

Éramos três velhos amigos na praia quase deserta. O sol estava bom; e o mar, violento. Impossível nadar: as ondas rebentavam lá fora, enormes, depois avançavam sua frente de espumas e vinham se empinando outra vez, inflando, oscilantes, túmidas, azuis, para poucar de súbito na praia. Mal a gente entrava no mar a areia descaía de chofre, quase a pique, para uma bacia em que não dava pé; alguns metros além havia certamente uma plataforma de areia onde o mar estourava primeiro. Demos alguns mergulhos, apanhamos fortes lambadas de onda e nos deixamos ficar conversando na praia; o sol estava bom.

Éramos três velhos amigos e cada um estava tão à vontade junto dos outros que não tínhamos o sentimento de estar juntos, apenas estávamos ali. Talvez há dez ou quinze anos atrás tivéssemos estado os três ali, ou em algum outro lugar da praia, conversando talvez as mesmas coisas. Certamente éramos os três mais magros, nossos cabelos eram mais negros... Mas que nos importava isso agora? Cada um vivera para seu lado: às vezes um cruzara com outro em alguma cidade e então possivelmente teria perguntado pelo terceiro. Meses, talvez anos, podem haver passado sem que os três se vissem ou se escrevessem; mas aqui estamos juntos tão à vontade como se todo o tempo tivéssemos feito isso.

Falamos de duas ou três mulheres, rimos cordialmente das coisas de outros amigos ("aquela vez que o Di chegou de São Paulo"... "o Joel outro dia me telefonou de noite...") mas nossa conversa era leve e tranquila como a própria manhã, era uma conversa tão distraída como se cada um estivesse pensando em voz alta suas coisas mais simples. Às vezes ficávamos sem dizer nada, apenas sentindo o sol no corpo molhado, olhando o mar, à toa. Éramos três animais já bem maduros a entrar e sair da água muito salgada, tendo prazer em estar ao sol. Três bons animais em paz, sem malícia nem vaidade nenhuma, gozando o vago conforto de estarem vivos e estarem juntos respirando o vento limpo do mar – como três cavalos, três bois, três bichos mansos debaixo do céu azul. E tão sossegados e tão inocentes que, se Deus nos visse por acaso lá de cima, certamente murmuraria apenas – "lá estão aqueles três" – e pensaria em outra coisa.

Rio, março, 1956

DEPOIMENTO DE CAPIXABA

Os mineiros, eu conheço os mineiros. É de vê-los, os mineiros, quando uma tarde se telefonam e se dizem – que a Vanessa chegou. Durante dois, três dias, sempre que se encontram na rua ou em um bar, eles se detêm um instante como duas formigas que se cumprimentam e anunciam que a Vanessa está aí. Eu jamais vejo Vanessa, mas sei que ela veio magra ou cortou os cabelos ou engordou; creio que nenhum deles namora Vanessa, mas a presença de Vanessa e mesmo a simples iminência da presença de Vanessa é uma espécie de senha que os faz estremecer. Às vezes vem Milton, às vezes vem Abgar, e sinto que Rodrigo telefona a Afonso e a Drummond. Ainda não me expliquei é como vem Emílio Moura. É difícil supor Emílio Moura numa poltrona de avião ou mesmo dentro de um trem. Parece que Emílio Moura se desencarna em Minas e se reincarna lentamente nas imediações da casa de Fernando Sabino. Então se faz anunciar – e é como se da sagrada fortaleza de Machu Picchu descesse ao vale de Ollantaitambo o Supremo Inca Lento e Manso. Lentamente vão chegando Paulo Mendes Campos, Otto Lara Resende, Helio Pelegrino, Marco Aurélio Matos, a quem Emílio diz com doçura – "estive ontem com seu pai".

Uma vez eu estava presente, mas de súbito compreendi que se ia realizar um rito exclusivamente mineiro e achei melhor me retirar. Eles ficaram sussurrando. E o Dornas? E o Otávio Dias Leite que às vezes está bebendo, às vezes parou de beber? Emílio Moura fala, ele é paciente como uma ladeira de Belo Horizonte de madrugada. "Vocês têm ido à casa do Aníbal?" Fala pouco de literatura, alguma coisa de política, dá notícias de pessoas, alguém recebeu carta do Cyro, é lembrado Guilhermino e citada uma crônica de Jair Silva, pergunta-se por Pedro Nava. E como vai o Newton Prates? Quase sempre Emílio diz que Murilo Rubião disse que vem ao Rio. O mais que eles falam é segredo mineiro; suspeita-se de que debaixo do maior sigilo comentam pessoas de Pernambuco, do Rio Grande do Sul e outros países estranhos e certamente bárbaros; tramam ocupar novos territórios capixabas e sonham com um porto de mar – pois assim são os mineiros.

No fim de dois, de três dias, eu já posso ser admitido à presença de Emílio Moura (à presença de Vanessa nunca fui) e quase sempre ele nesse momento está dando notícias de Alphonsus de Guimaraens Filho ou de Etienne Filho – de algum filho de Minas. Eu fico quieto. Porém quando ele me dirige um olhar como que me concedendo licença para falar, então eu lhe pergunto se Hermenegildo Chaves ainda se chama Monzéca, ainda toma cafezinho e come bolinho de feijão. Ele sorri com afeto e diz que sim. Então eu fico tranquilo e, absolutamente, ainda confio em Minas.

RECADO DE PRIMAVERA

Meu caro Vinicius de Moraes:
Escrevo-lhe aqui de Ipanema para lhe dar uma notícia grave: A primavera chegou. Você partiu antes. É a primeira primavera, de 1913 para cá, sem a sua participação. Seu nome virou placa de rua; e nessa rua, que tem seu nome na placa, vi ontem três garotas de Ipanema que usavam minissaias. Parece que a moda voltou nesta primavera – acho que você aprovaria. O mar anda virado; houve uma lestada muito forte, depois veio um sudoeste com chuva e frio. E daqui de minha casa vejo uma vaga de espuma galgar o costão sul da ilha das Palmas. São violências primaveris.

O sinal mais humilde da chegada da primavera vi aqui junto de minha varanda. Um tico-tico com uma folhinha seca de capim no bico. Ele está fazendo ninho numa touceira de samambaia, debaixo da pitangueira. Pouco depois vi que se aproximava, muito matreiro, um pássaro-preto, desses que chamam de chopim. Não trazia nada no bico; vinha apenas fiscalizar, saber se o outro já havia arrumado o ninho para ele pôr seus ovos.

Isto é uma história tão antiga que parece que só podia acontecer lá no fundo da roça, talvez no tempo do Império. Pois está acontecendo aqui em Ipanema, em minha casa, poeta. Acontecendo como a primavera. Estive em Blumenau, onde há moitas de azaleias e manacás em flor; e em cada mocinha loira, uma esperança de Vera Fischer. Agora vou ao Maranhão, reino de Ferreira Gullar, cuja poesia você tanto amava, e que fez cinquenta anos. O tempo vai passando, poeta. Chega a primavera nesta Ipanema, toda cheia de sua música e de seus versos. Eu ainda vou ficando um pouco por aqui – a vigiar, em seu nome, as ondas, os tico--ticos e as moças em flor. Adeus.

Setembro, 1980

RECORDAÇÕES PERNAMBUCANAS

Morei no Recife alguns meses, em 1935. Primeiro numa água-furtada na rua da União, com Ulisses Braga, o crítico Waldemar Cavalcanti e o sociólogo Manuel Diegues Júnior, o pai do Cacá; depois na rua dos Pires, em casa do senhor Salomão e dona Bertha, pais do saudoso médico-indígena-volante e benemérito brasileiro Noel Nutels, judeu-russo, antigo animador do *jazz-band* acadêmico de Pernambuco. Também moravam Lourenço, funcionário do Banco do Brasil, que já era o grande compositor Capiba, de frevos e maracatus; lá o senhor mancebo de espinhas na cara, que é hoje o colunista e compositor Fernando Lobo (mais conhecido como o pai do Edu); e os irmãos Suassuna, então estudantes de Medicina, que sabiam cantar umas coisas pungentíssimas e engraçadíssimas do sertão – me lembro tanto deles, João e Saulo, não conheci foi esse Ariano, irmão mais moço deles, que haveria de soprar um vento violento novo, no teatro e na literatura do Brasil.

Sábado à noite, a gente ia para a casa de Alfredo Medeiros ouvir violas e ouvir Leda Baltar cantar maracatus de Ascenso Ferreira. Lembro-me da impressão de espanto que me produziu Ascenso – o bruto volume do corpo, a extensão da cara de ladrão de cavalo e bom sujeito, cara de bêbado com pesados encargos de família, cara de revolucionário mexicano preso por engano na Guatemala, cara de pintor de gênio e de prefeito português ao mesmo tempo. Cara que eu vi vastamente desconsolada, uma vez que ele cantou uma coisa e o chofer de táxi comentou candidamente: "Isso é bonito é cantado..."

Não, Ascenso não cantava, mas dizia seus versos como ninguém, a voz parecia vir de seu grande coração de boi, generoso e lerdo. "Nunca mais", me disse ele certa vez, "nunca mais posso fazer um poema como este que recitei agora; gastei vinte anos para fazer isto". O poema era aquele do trem de ferro que vai pra Catende, danado pra chegar, passa pelo mangue, pelo partido de cana, pela morena de cabelo cacheado. Ascenso queria dizer que foram vinte anos de viagens pela Great Western, que criaram o poema. Porque o poeta explicava seus poemas, isto é, explicava o que se pode explicar em um poema. O resto, o "mistério", isso não é essencialmente seu, é do profundo mundo do Nordeste, esse Nordeste rico de povo, onde às vezes acontece...

Às vezes acontece, por exemplo, o que três rapazes me contaram: que, uma noite, no mato, ouviram de longe uma cantoria muito triste que se repetia sem parar, e então foram no rumo daquela música, na escuridão. Andaram muito, errado e certo, até que toparam um casebre no meio do mato e havia um negro velho que cantava esta coisa apenas: "Um milheiro de tijolos – custando duas pataca"; e havia umas mulheres de vozes esganiçadas, agudíssimas, como gritos de dor, que respondiam: "Ai minha Mãe de Deus – mas que coisa tão barata".

E no meio da sala, num caixão de pinho sem forro, aberto, o defunto que eles velavam.

"Eu não posso continuar a discutir com você porque você é um reles almocreve paraibano e eu sou um gentil-homem pernambucano!"

Esta frase foi dita no cabaré Taco de Ouro, há 47 anos. Quem a disse foi Aníbal Fernandes; e a disse para Olívio Montenegro. Antes, Olívio chamara, ironicamente, a Aníbal de gentil-homem. Aníbal ripostara – dedo em riste, com veemência. Nós todos tínhamos bebido alguma coisa – aquilo era, se bem me lembro, uma despedida do Ganot Chateaubriand, o bom Ganot, que pagara uma cervejada para todo o pessoal do *Diário de Pernambuco* naquele bar que havia embaixo da redação, e depois levara alguns redatores e colaboradores para tomar uísque e um champanha no cabaré. Tivemos medo de que aquelas ironias se azedassem e os dois amigos acabassem brigando; lembro-me de que Gilberto Freyre estava acalmando (talvez também atiçando...) Aníbal, e eu tomando conta do Olívio. Tomando conta sem necessidade nenhuma: lento, a cabeçorra a balançar devagar, Olívio não pensava em briga: "Paraibano com muita honra, ouviu? Almocreve e com muita honra, já ouviu?"

Esse seu fim de frase "já ouviu" às vezes se reduzia a um "joviu".

Era, na verdade, um gentil-homem. Os dois eram gentis-homens autênticos, desses que o Nordeste os tem, mas pouco exporta para o Sul. Homens presos a uma região, a uma cidade; presos, quem sabe, à brisa entre coqueiros, ao gosto e ao cheiro de certas frutas, a um estilo de vida meio largado e ainda cavalheiresco, capaz de dar a esse escravo que é todo trabalhador intelectual um ar de grão-senhor entre cajueiros, como o saudoso Antiógenes Chaves, como o sempre vivo Gilberto Freyre.

Gilberto naquele tempo andava pelos 35 anos, já publicara *Casa-grande & senzala* e estava acabando de escrever *Sobrados e mucambos*; e era solteiro. E eu também era, o Cícero Dias também era. Assim que fomos os três, num trenzinho da Great Western, à estação de Prazeres para subir o morro e participar da festa de Nossa Senhora, naquela igreja que domina as colinas de Guararapes, onde brasileiros e holandeses se guerrearam. Usava-se ir às antigas trincheiras apanhar folhas para benzer, pois as plantas dali tinham sido regadas pelo sangue dos heróis. E nas trincheiras aconteciam casos de amor. A certa altura Gilberto sumiu e, depois de muito procurá-lo, Cícero Dias e eu fomos até a estação: lá estava ele preso por um sargento, pois atentara contra o pudor público fazendo amor com uma jovem mulata no capim de uma trincheira.

Custou muita conversa e algum dinheiro, mas libertamos o sociólogo. Coisa que convém referir para que não seja esquecida em sua biografia. Nestes seus maravilhosos 82 anos de idade.

Novembro, 1982

Apesar disso tudo – há o amor

SOBRE O AMOR, ETC.

Dizem que o mundo está cada dia menor. É tão perto do Rio a Paris! Assim é na verdade, mas acontece que raramente vamos sequer a Niterói. E alguma coisa, talvez a idade, alonga nossas distâncias sentimentais. Na verdade há amigos espalhados pelo mundo. Antigamente era fácil pensar que a vida era algo de muito móvel, e oferecia uma perspectiva infinita e nos sentíamos contentes achando que um belo dia estaríamos todos reunidos em volta de uma farta mesa e nos abraçaríamos e muitos se poriam a cantar e a beber e então tudo seria bom. Agora começamos a aprender o que há de irremissível nas separações. Agora sabemos que jamais voltaremos a estar juntos; pois quando estivermos juntos perceberemos que já somos outros e estamos separados pelo tempo perdido na distância. Cada um de nós terá incorporado a si mesmo o tempo da ausência. Poderemos falar, falar, para nos correspondermos por cima dessa muralha dupla; mas não estaremos juntos; seremos duas outras pessoas, talvez por este motivo, melancólicas; talvez nem isso.

Chamem de louco e tolo ao apaixonado que sente ciúmes quando ouve sua amada dizer que na véspera de tarde o céu estava uma coisa lindíssima, com mil pequenas nuvens de leve púrpura sobre um azul de sonho. Se ela diz "nunca vi um céu tão bonito assim" estará dando, certamente, sua impressão de momento; há centenas de céus extraordinários e esquecemos da maneira mais torpe os mais fantásticos crepúsculos que nos emocionaram. Ele porém, na véspera, estava dentro de uma sala qualquer e não viu céu nenhum. Se acaso tivesse chegado à janela e visto, agora seria feliz em saber que em outro ponto da cidade ela também vira. Mas isso não aconteceu, e ele tem ciúmes. Cita outros crepúsculos e mal esconde sua mágoa daquele. Sente que sua amada foi infiel; ela incorporou a si mesma alguma coisa nova que ele não viveu. Será um louco apenas na medida em que o amor é loucura.

Mas terá toda razão, essa feroz razão furiosamente lógica do amor. Nossa amada deve estar conosco solidária perante a nuvem. Por isso indagamos com tão minucioso fervor sobre a semana de ausência. Sabemos que aqueles sete dias de distância são sete inimigos: queremos analisá-los até o fundo, para destruí-los.

    Não nego razão aos que dizem que cada um deve respirar um pouco, e fazer sua pequena fuga, ainda que seja apenas ler um romance diferente ou ver um filme que o outro amado não verá. Têm razão; mas não têm paixão. São espertos porque assim procuram adaptar o amor à vida de cada um, e fazê-lo sadio, confortável e melhor, mais prazenteiro e liberal. Para resumir: querem (muito avisadamente, é certo) suprimir o amor. Isso é bom. Também suprimimos a amizade. É horrível levar as coisas a fundo: a vida é de sua própria natureza leviana e tonta. O amigo que procura manter suas amizades distantes e manda longas cartas sentimentais tem sempre um ar de náufrago fazendo um apelo. Naufragamos a todo instante no mar bobo do tempo e do espaço, entre as ondas de coisas e sentimentos de todo dia. Sentimos perfeitamente isso quando a saudade da amada nos corrói, pois então sentimos que nosso gesto mais simples encerra uma traição. A bela criança que vemos correr ao sol não nos dá um prazer puro; a criança devia correr ao sol, mas Joana devia estar aqui para vê-la, ao nosso lado. Bem; mais tarde contaremos a Joana que fazia sol e vimos uma criança tão engraçada e linda que corria entre os canteiros querendo pegar uma borboleta com a mão. Mas não estaremos incorporando a criança à vida de Joana; estaremos apenas lhe entregando morto o corpinho do traidor, para que Joana nos perdoe.

    Assim somos na paixão do amor, absurdos e tristes. Por isso nos sentimos tão felizes e livres quando deixamos de amar. Que maravilha, que liberdade sadia em poder viver a vida por nossa conta! Só quem amou muito pode sentir essa doce felicidade gratuita que faz de cada sensação nova um prazer pessoal e virgem do qual não devemos dar contas a ninguém que more no fundo de nosso peito. Sentimo-nos fortes, sólidos e tranquilos. Até que começamos a desconfiar de que estamos sozinhos e ao abandono trancados do lado de fora da vida.

    Assim o amigo que volta de longe vem rico de muitas coisas e sua conversa é prodigiosa de riqueza; nós também despejamos nosso saco de emoções e novidades; mas para um sentir a mão do outro precisam se agarrar ambos a qualquer velha besteira: você se lembra daquela tarde em que tomamos cachaça num café que tinha naquela rua e estava lá uma loura que dizia etc., etc. Então já não se trata mais de amizade, porém de necrológio.

    Sentimos perfeitamente que estamos falando de dois outros sujeitos, que por sinal já faleceram – e eram nós. No amor isso é mais pungente. De onde concluireis comigo que o melhor é não amar; porém aqui, para dar fim a tanta amarga tolice, aqui e ora vos direi a frase antiga: que melhor é não viver. No que não convém pensar muito, pois a vida é curta e, enquanto pensamos, ela se vai, e finda.

Maio, 1948

A VIAJANTE

Com franqueza, não me animo a dizer que você não vá. Eu, que sempre andei no rumo de minhas venetas, e tantas vezes troquei o sossego de uma casa pelo assanhamento triste dos ventos da vagabundagem, eu não direi que fique. Em minhas andanças, eu quase nunca soube se estava fugindo de alguma coisa ou caçando outra. Você talvez esteja fugindo de si mesma, e a si mesma caçando; nesta brincadeira boba passamos todos, os inquietos, a maior parte da vida – e às vezes reparamos que é ela que se vai, está sempre indo, e nós (às vezes) estamos apenas quietos, vazios, parados, ficando. Assim estou eu. E não é sem melancolia que me preparo para ver você sumir na curva do rio – você que não chegou a entrar na minha vida, que não pisou na minha barranca, mas, por um instante, deu um movimento mais alegre à corrente, mais brilho às espumas e mais doçura ao murmúrio das águas. Foi um belo momento, que resultou triste, mas passou.

Apenas quero que dentro de si mesma haja, na hora de partir, uma determinação austera e suave de não esperar muito; de não pedir à viagem alegrias muito maiores que a de alguns momentos. Como este, sempre maravilhoso, em que no bojo da noite, na poltrona de um avião ou de um trem, ou no convés de um navio, a gente sente que não está deixando apenas uma cidade, mas uma parte da vida, uma pequena multidão de caras e problemas e inquietações que pareciam eternos e fatais e, de repente, somem como a nuvem que fica para trás. Esse instante de libertação é a grande recompensa do vagabundo; só mais tarde ele sente que uma pessoa é feita de muitas almas, e que várias, dele, ficaram penando na cidade abandonada. E há também instantes bons, em terra estrangeira, melhores que o das excitações e descobertas, e as súbitas visões de belezas sonhadas. São aqueles momentos mansos em que, de uma janela ou da mesa de um bar, ele vê, de repente, a cidade estranha, no palor do crepúsculo, respirar suavemente, como velha amiga, e reconhece que aquele perfil de casas e chaminés já é um pouco, e docemente, coisa sua.

Mas há também, e não vale a pena esconder nem esquecer isso, aqueles momentos de solidão e de morno desespero; aquela surda saudade que não é de terra nem de gente, e é de tudo, é de um ar em que se fica mais distraído, é de um cheiro antigo de chuva na terra da infância, é de qualquer coisa esquecida e humilde – torresmo, moleque passando na bicicleta assobiando samba, goiabeira, conversa mole, peteca, qualquer bobagem. Mas então as bobagens do estrangeiro não rimam com a gente, as ruas são hostis e as casas se fecham com egoísmo, e a alegria dos outros que passam rindo e falando alto em sua língua dói no exilado como bofetadas injustas. Há o momento em que você defronta o telefone na mesa da cabeceira e não tem com quem falar, e olha a imensa lista de nomes desconhecidos com um tédio cruel.

Boa viagem, e passe bem. Minha ternura vagabunda e inútil, que se distribui por tanto lado, acompanha, pode estar certa, você.

Rio, abril de 1952

OS AMANTES

    Nos dois primeiros dias, sempre que o telefone tocava, um de nós dois esboçava um movimento, um gesto de quem vai atender. Mas o gesto era cortado no ar. Ficávamos imóveis, ouvindo a campainha bater, silenciar, bater outra vez. Havia um certo susto, como se aquele trinado repetido fosse uma acusação, um gesto agudo nos apontando. Era preciso que ficássemos imóveis, talvez respirando com mais cuidado, até que o aparelho silenciasse.
    Então tínhamos um suspiro de alívio. Havíamos vencido mais uma vez os nossos inimigos. Nossos inimigos eram toda a população da cidade imensa, que transitava lá fora nos veículos dos quais nos chegava apenas um estrondo distante de bondes, a sinfonia abafada das buzinas, às vezes o ruído do elevador. Sabíamos quando alguém parava o elevador em nosso andar; tínhamos o ouvido apurado, pressentíamos os passos na escada antes que eles se aproximassem. A sala da frente estava sempre de luz apagada. Sentíamos, lá fora, o emissário do inimigo. Esperávamos, quietos. Um segundo, dois – e a campainha da porta batia, alto, rascante. Ali, a dois metros, atrás da porta escura, estava respirando e esperando um inimigo. Se abríssemos, ele – fosse quem fosse – nos lançaria um olhar, diria alguma coisa – e então o nosso mundo estaria invadido.
    No segundo dia ainda hesitamos; mas resolvemos deixar que o pão e o leite ficassem lá fora; o jornal era remetido por baixo da porta, mas nenhum de nós o recolhia. Nossas provisões eram pequenas; no terceiro dia já tomávamos café sem açúcar, no quarto a despensa estava praticamente vazia. No apartamento mal iluminado, íamos emagrecendo de felicidade, devíamos estar ficando pálidos, e às vezes unidos, olhos nos olhos, nos perguntávamos se tudo não era um sonho; o relógio parara, havia apenas aquela tênue claridade que vinha das janelas sempre fechadas; mais tarde essa luz do dia distante, do dia dos outros, ia se perdendo, e então era apenas uma pequena lâmpada no chão que projetava nossas sombras nas paredes do quarto e vagamente escoava pelo corredor, lançava ainda uma penumbra confusa na sala, onde não íamos jamais.

Pouco falávamos: se o inimigo estivesse escutando às nossas portas, mal ouviria vagos murmúrios; e a nossa felicidade imensa era ponteada de alegrias menores e inocentes, a água forte e grossa do chuveiro, a fartura festiva de toalhas limpas, de lençóis de linho. O mundo ia pouco a pouco desistindo de nós; o telefone batia menos e a campainha da porta quase nunca. Ah, nós tínhamos vindo de muito e muito amargor, muita hesitação, longa tortura e remorso; agora a vida era nós dois, e o milagre se repetia tão quieto e perfeito como se fosse ser assim eternamente.

Sabíamos estar condenados; os inimigos, os outros, o resto da população do mundo nos esperava para lançar seus olhares, dizer suas coisas, ferir com sua maldade ou sua tristeza o nosso mundo, nosso pequeno mundo que ainda podíamos defender um dia ou dois, nosso mundo trêmulo de felicidade, sonâmbulo, irreal, fechado, e tão louco e tão bobo e tão bom como nunca mais, nunca mais haverá.

*

No oitavo dia sentimos que tudo conspirava contra nós. Que importa a uma grande cidade que haja um apartamento fechado em alguns de seus milhares de edifícios; que importa que lá dentro não haja ninguém, ou que um homem e uma mulher ali estejam, pálidos, se movendo na penumbra como dentro de um sonho?

Entretanto, a cidade, que durante uns dois ou três dias parecia nos haver esquecido, voltava subitamente a atacar. O telefone tocava, batia dez, quinze vezes, calava-se alguns minutos, voltava a chamar; e assim três, quatro vezes sucessivas.

Alguém vinha e apertava a campainha; esperava; apertava outra vez; experimentava a maçaneta da porta; batia com os nós dos dedos, cada vez mais forte, como se tivesse certeza de que havia alguém lá dentro. Ficávamos quietos, abraçados, até que o desconhecido se afastasse, voltasse para a rua, para a sua vida, nos deixasse em nossa felicidade que fluía num encantamento constante.

Eu sentia dentro de mim, doce, essa espécie de saturação boa, como um veneno que tonteia, como se meus cabelos já tivessem o cheiro de seus cabelos, se o cheiro de sua pele tivesse entrado na minha. Nossos corpos tinham chegado a um entendimento que era além do amor, eles tendiam a se parecer no mesmo repetido jogo lânguido, e uma vez que, sentado de frente para a janela, por onde se filtrava um eco pálido de luz, eu a contemplava tão pura e nua, ela disse: "meu Deus, seus olhos estão esverdeando".

Nossas palavras baixas eram murmuradas pela mesma voz, nossos gestos eram parecidos e integrados, como se o amor fosse um longo ensaio para que um movimento chamasse outro; inconscientemente compúnhamos esse jogo de um ritmo imperceptível como um lento, lento bailado.

Mas naquela manhã ela se sentiu tonta, e senti também minha fraqueza; resolvi sair, era preciso dar uma escapada para obter víveres; vesti-me lentamente, calcei os sapatos como quem faz algo de estranho; que horas seriam?

Quando cheguei à rua e olhei, com um vago temor, um sol extraordinariamente claro me bateu nos olhos, na cara, desceu pela minha roupa, senti vagamente que aquecia meus sapatos. Fiquei um instante parado, encostado à parede, olhando aquele movimento sem sentido, aquelas pessoas e veículos irreais que se cruzavam; tive uma tonteira, e uma sensação dolorosa no estômago.

Havia um grande caminhão vendendo uvas, pequenas uvas escuras; comprei cinco quilos, o homem fez um grande embrulho de jornal; voltei, carregando aquele embrulho de encontro ao peito, como se fosse a minha salvação.

E levei dois, três minutos, na sala de janelas absurdamente abertas, diante de um desconhecido, para compreender que o milagre se acabara; alguém viera e batera à porta, e ela abrira pensando que fosse eu, e então já havia também o carteiro querendo recibo de uma carta registrada e, quando o telefone bateu foi preciso atender, e nosso mundo foi invadido, atravessado, desfeito, perdido para sempre – senti que ela me disse isso num instante, num olhar entretanto lento (achei seus olhos muito claros, há muito tempo não os via assim, em plena luz), um olhar de apelo e de tristeza, onde, entretanto, ainda havia uma inútil, resignada esperança.

Rio, julho de 1952

MÃE

(*Crônica dedicada ao Dia das Mães, embora com o final inadequado, ainda que autêntico.*)

O menino e seu amiguinho brincavam nas primeiras espumas; o pai fumava um cigarro na praia, batendo papo com um amigo. E o mundo era inocente, na manhã de sol.

Foi então que chegou a Mãe (esta crônica é modesta contribuição ao Dia das Mães), muito elegante em seu *short*, e mais ainda em seu maiô. Trouxe óculos escuros, uma esteirinha para se esticar, óleo para a pele, revista para ler, pente para se pentear – e trouxe seu coração de Mãe que imediatamente se pôs aflito, achando que o menino estava muito longe e o mar estava muito forte.

Depois de fingir três vezes não ouvir seu nome gritado pelo pai, o garoto saiu do mar resmungando, mas logo voltou a se interessar pela alegria da vida, batendo bola com o amigo. Então a Mãe começou a folhear a revista mundana – "que vestido horroroso o da Marieta neste coquetel", "que presente de casamento vamos dar à Lúcia? tem de ser uma coisa boa" – e outros pequenos assuntos sociais foram aflorados numa conversa preguiçosa. Mas de repente:

— Cadê Joãozinho?

O outro menino, interpelado, informou que Joãozinho tinha ido em casa apanhar uma bola maior.

— Meu Deus, esse menino atravessando a rua sozinho! Vai lá, João, para atravessar com ele, pelo menos na volta!

O pai (fica em minúscula; o Dia é da Mãe) achou que não era preciso:

— O menino tem OITO anos, Maria!

— OITO anos, não, oito anos, uma criança. Se todo dia morre gente grande atropelada, que dirá um menino distraído como esse!

E erguendo-se olhava os carros que passavam, todos guiados por assassinos (em potencial) de seu filhinho.

— Bem, eu vou lá só para você não ficar assustada.

Talvez a sombra do medo tivesse ganho também o coração do pai; mas quando ele se levantou e calçou a alpercata para atravessar os 20 metros de areia fofa e escaldante que o separavam da calçada, o garoto apareceu correndo alegremente com uma bola vermelha na mão, e a paz voltou a reinar sobre a face da praia.

Agora o amigo do casal estava contando pequenos escândalos de uma festa a que fora na véspera, e o casal ouvia, muito interessado – "mas a Niquinha com o coronel? não é possível!" – quando a Mãe se ergueu de repente:

— E o Joãozinho?

Os três olharam em todas as direções, sem resultado. O marido, muito calmo – "deve estar por aí" – a Mãe gradativamente nervosa – "mas por aí, onde?" – o amigo otimista, mas levemente apreensivo. Havia cinco ou seis meninos dentro da água, nenhum era o Joãozinho. Na areia havia outros. Um deles, de costas, cavava um buraco com as mãos, longe.

— Joãozinho!

O pai levantou-se, foi lá, não era. Mas conseguiu encontrar o amigo do filho e perguntou por ele.

— Não sei, eu estava catando conchas, ele estava catando comigo, depois ele sumiu.

A Mãe, que viera correndo, interpelou novamente o amigo do filho:

— Mas sumiu como? para onde? entrou na água? não sabe? mas que menino pateta! – O garoto, com cara de bobo, e assustado com o interrogatório, se afastava, mas a Mãe foi segurá-lo pelo braço: — Mas diga, menino, ele entrou no mar? como é que você não viu, você não estava com ele? hein? ele entrou no mar?

— Acho que entrou... ou então foi-se embora.

De pé, lábios trêmulos, a Mãe olhava para um lado e outro, apertando bem os olhos míopes para examinar todas as crianças em volta. Todos os meninos de oito anos se parecem na praia, com seus corpinhos queimados e suas cabecinhas castanhas. E como ela queria que cada um fosse seu filho, durante um segundo cada um daqueles meninos era o seu filho, exatamente ele, enfim – mas um gesto, um pequeno movimento de cabeça, e deixava de ser. Correu para um lado e outro. De súbito ficou parada olhando o mar, olhando com tanto ódio e medo

162

(lembrava-se muito bem da história acontecida dois a três anos antes: um menino estava na praia com os pais, eles se distraíram um instante, o menino estava brincando no rasinho, o mar o levou, o corpinho só apareceu cinco dias depois, aqui nesta praia mesmo!) que deu um grito para as ondas e espumas – "Joãozinho!"

Banhistas distraídos foram interrogados – se viram algum menino entrando no mar – o pai e o amigo partiram para um lado e outro da praia, a Mãe ficou ali, trêmula, nada mais existia para ela, sua casa e família, o marido, os bailes, os Nunes, tudo era ridículo e odioso, toda essa gente estúpida na praia que não sabia de seu filho, todos eram culpados – "Joãozinho!" – ela mesma não tinha mais nome nem era mulher, era um bicho ferido, trêmulo, mas terrível, traído no mais essencial de seu ser, cheia de pânico e de ódio, capaz de tudo – "Joãozinho!" – ele apareceu bem perto, trazendo na mão um sorvete que fora comprar. Ela quase jogou longe o sorvete do menino com um tapa, mandou que ele ficasse sentado ali, se saísse um passo iria ver, ia apanhar muito, menino desgraçado!

O pai e o amigo voltaram a sentar, o menino riscava a areia com o dedo grande do pé, e quando sentiu que a tempestade estava passando, fez o comentário em voz baixa, a cabeça curva, mas os olhos erguidos na direção dos pais:

— Mãe é chaaata...

Maio, 1953

AMOR, ETC.

O lugar mais bonito da cidade e também o mais alegre é agora o Sacha's, mas nem Carlos Machado nem nenhum outro empresário poderia organizar um show como esse que aconteceu de repente, ontem à noite, no Maxim's.

A roda era grande e boa. Haroldo Barbosa andou cantando de parceria com Ary Barroso e Lúcio Rangel quando apareceu Sílvio Caldas. Ary passou para o piano, e o caboclinho começou a cantar umas coisas tão antigas, tão bonitas, pela noite adentro que dava gosto na gente ser do Brasil e estar no Brasil, viver, junto com os dois grandes artistas, a emoção de Noel, de Orestes, de Ataulfo, de Sinhô, dos grandes de ontem e de hoje, todos irmãos em música e sentimento.

Carmen Miranda, foi uma pena você não ter assistido; você iria chorar, e isso lhe faria bem.

*

Mas o grande milagre que ainda acontece é o amor. No meio da vida cheia de tanta encrenca, tanta coisa triste, e sofrimento e doença e lutas mesquinhas, ele aparece de repente, não se sabe como. Aparece como um pássaro que pousa em nossa janela e começa a cantar. Nasce da sombra e da luz, de tudo e de nada, e é sempre novo, trêmulo como flor na brisa, virgem como a espuma perdida no mar oceano.

Honremos o amor. Sejamos humildes perante o amor. Ele é o grande milagre verdadeiro da vida, o grande mistério e o grande consolo.

8 de janeiro de 1955

NÃO AMEIS À DISTÂNCIA!

Em uma cidade há um milhão e meio de pessoas, em outra há outros milhões; e as cidades são tão longe uma da outra que nesta é verão quando naquela é inverno. Em cada uma dessas cidades há uma pessoa; e essas pessoas tão distantes acaso pensareis que podem cultivar em segredo, como plantinha de estufa, um amor à distância?

Andam em ruas tão diferentes e passam o dia falando línguas diversas; cada uma tem em torno de si uma presença constante e inumerável de olhos, vozes, notícias. Não se telefonam mais; é tão caro e demorado e tão ruim e além disso, que se diriam? Escrevem-se. Mas uma carta leva dias para chegar; ainda que venha vibrando, cálida, cheia de sentimento, quem sabe se no momento em que é lida já não poderia ter sido escrita? A carta não diz o que a outra pessoa está sentindo, diz o que sentiu na semana passada... e as semanas passam de maneira assustadora, os domingos se precipitam mal começam as noites de sábado, as segundas retornam com veemência gritando – "outra semana!", e as quartas já têm um gosto de sexta, e o abril de-já-hoje é mudado em agosto...

Sim, há uma frase na carta cheia de calor, cheia de luz; mas a vida presente é traiçoeira e os astrônomos não dizem que muita vez ficamos como patetas a ver uma linda estrela jurando pela sua existência – e no entanto há séculos ela se apagou na escuridão do caos, sua luz é que custou a fazer a viagem? Direis que não importa a estrela em si mesma, e sim a luz que ela nos manda; e eu vos direi: amai para entendê-las!

Ao que ama o que lhe importa não é a luz nem o som, é a própria pessoa amada mesma, o seu vero cabelo, e o vero pelo, o osso de seu joelho, sua terna e úmida presença carnal, o imediato calor; é o de hoje, o agora, o aqui – e isso não há.

Então a outra pessoa vira retratinho no bolso, borboleta perdida no ar, brisa que a testa recebe na esquina, tudo o que for eco, sombra, imagem, um pequeno fantasma, e nada mais. E a vida de todo dia vai gastando insensivelmente a outra pessoa, hoje lhe tira um modesto fio de cabelo, amanhã apenas passa a unha de leve fazendo um traço branco na sua coxa queimada pelo sol, de súbito a outra pessoa entra em *fading* um sábado inteiro, está-se gastando, perdendo seu poder emissor à distância.

Cuidai amar uma pessoa, e ao fim vosso amor é um maço de cartas e fotografias no fundo de uma gaveta que se abre cada vez menos... Não ameis à distância, não ameis, não ameis!

Setembro, 1955

ÀS DUAS HORAS DA TARDE DE DOMINGO

No meio de muita aflição e tristeza houve um momento, lembras-te? Foi por acaso, foi de repente, foi roubado, e se alguém tivesse tido a mais leve suspeita então seria a ignomínia total. Mas houve um momento; e dentro desse momento houve silêncio e beleza.

Seria impossível descrever o ambiente, estranho a nós ambos; e não havia nem cantos de pássaro nem murmúrio de mar. Talvez um ruído de elevador, uma campainha tocando no interior de outro apartamento, o fragor de um bonde lá fora, sons de um rádio distante, vagas vozes – e, me lembro, havia um feixe de luz oblíquo dando no chão e na parte de baixo de uma porta, recordo vagamente a cor rósea da parede.

Serão lembranças verdadeiras? Como voltar àquele apartamento, reconstituir aquelas duas horas da tarde, lembrar a data, verificar a posição dos móveis e o ângulo de incidência do sol? Do chão ou da porta do banheiro – creio que do chão – ele iluminava teus olhos claros que me fitavam quietos. O edifício, eu sei qual é. Seria possível procurar aquele vago casal amigo que encontramos na praia aquele dia e perguntar qual o número do apartamento em que então moravam? Conseguiríamos licença do atual morador ou quem sabe penetraríamos sorrateiramente no apartamento, e então a mulher daquele vago casal nos diria aqui era o quarto, aqui o armário, a cama, além ficava o espelho...

Ah, haveria menos rumor na rua naquele tempo; menos automóveis estariam passando lá fora; mas certamente nas mesmas duas da tarde de domingo embora não haja mais bondes, haveria algum rádio ligado esperando o começo de algum jogo de futebol, e o sol entraria no mesmo ângulo pela mesma janela. Pesquisaríamos os móveis antigos, iríamos comprá-los onde estivessem hoje, decerto a antiga dona se lembra a quem os vendeu e como eram – não creio que ainda sejam seus. Lembro-me que eram móveis banais; nós os colocaríamos no mesmo lugar e disposição...

Houve um momento. Talvez a pintura da parede hoje seja diferente; creio que era rosa. Tua roupa de banho era preta, tinha alça, lembro as marcas das alças. Foi subitamente, havia várias pessoas juntas, faltou água na casa de alguém, telefonou-se para dizer que não esperassem para o almoço, houve desencontros na praia, apareceu o casal – e então, por milagre, tudo o que era contra nós, as circunstâncias, os olhares, os horários, os esquemas da vida civil, as famílias com seus rádios, suas feijoadas dominicais, os encontros de esquina, as conveniências e os medos, tudo o que nos separava subitamente falhou, o casal desculpou-se e partiu, iam almoçar com a mãe dela, a empregada sumiu, eu tinha saído e por acaso tive de voltar – na verdade eu não poderia reconstituir os detalhes tediosos e vulgares; a lembrança que ficou é de um momento em que boiamos no bojo de uma nuvem, longe da cidade e do mundo, e todos os ruídos se distanciaram e se apagaram, ainda estavas toda salgada do mar, teus olhos me miravam quietos, sérios, teus olhos sempre de menina, teus cabelos molhados, teu grande corpo de um dourado pálido.

Houve um momento, aquele momento em que a carne se faz alma; e depois, muito depois, me disseste a mesma coisa que eu sentira, aquele momento suspenso no ar como uma flor, o estranho silêncio, sim, te lembras!

E depois as coisas banais em que a vida nos tornou, os caminhos complicados que cada um teve de fazer pela vida. Mas o pior não aconteceu. Nada, ninguém nos destruiu aquele momento, nem voz nem porta batendo, nem telefone; o momento foi acaso e loucura, mas dentro dele houve um instante de serenidade pura e infinita beleza.

Ah, não me podes responder. Falo sozinho. Estás longe demais; e talvez tivesses de olhar duas vezes para reconhecer neste homem de cabelos brancos e de cara marcada pela vida aquele que fui um dia, o que te fez sofrer, e sofreu; mas quero que saibas que te vejo apenas como eras naquele momento, teu corpo ainda molhado do mar às duas horas da tarde; e milhares, milhões de relógios eternamente trabalhando contra nós nos bolsos, nos pulsos, nas paredes, todos cessaram de se mover porque naquele momento eras bela e pura como uma deusa e eras minha eternamente; eternamente. Naquele edifício daquela rua, naquele apartamento, entre aquelas paredes e aquele feixe de sol, eternamente. Além das nuvens, além dos mares, eternamente, às duas horas da tarde de domingo, eternamente.

Setembro, 1957

UMA CERTA AMERICANA

Muito me inibia o cortante nome de Hélice, minha ternura do Natal de 1944 durante a guerra, na Itália.

Hélice era como ela pronunciava e queria que eu pronunciasse o seu nome de Alice. Como era enfermeira e tinha divisas de tenente eu às vezes a chamava de *lieutenant*, o que é muito normal na vida militar, mas impossível em momentos de maior aconchego.

Falei no Natal de 1944; foi para mim um Natal especialmente triste. É verdade que recebi notícia de que o "48th Evacuation Hospital" tinha avançado para perto de nosso acantonamento. A notícia me deixou sonhador; vejam o que é um homem que ama: eu repetia com delícia: "48th Evacuation Hospital"...

Evacuation é um nome bem pouco lírico para alguém de língua portuguesa, e nem "48th" nem "Hospital" parecem muito poéticos; mas era o hospital em que trabalhava Alice, e isso me alegrava. A alegria aumentou quando um correspondente de guerra americano, acho que o Bagley, me avisou de que haveria uma festa de Natal no 48, e eu estava convidado.

Era inverno duro, a guerra estava paralisada nas trincheiras e *foxholes*, caía neve aos montes. Cheguei da frente, tomei banho, fiz a barba, limpei as botas, meti o capote, subi em um jipe, lá fui eu. No bolso do capote, por que não confessar, ia uma garrafinha de um horrível conhaque de contrabando que eu arranjara em Pistoia. A festa era em uma grande barraca de lona armada um pouco distante das outras barracas que serviam de enfermarias. Naquela escuridão branca e fria da noite de neve, era um lugar quente, iluminado, com música, onde Alice me esperava...

Não, não me esperava. Teve um "oh" de surpresa quando me viu; e como abri os braços veio a mim abrindo também seus belos braços, gritando meu nome, e dizendo votos de Feliz Natal; como, porém, me demorei um pouco no abraço e lhe beijava a face e o lóbulo da orelha esquerda com certa ânsia, murmurou alguma coisa e se afastou com um ar de mistério, me chamando de *darling*, mas me empurrando suavemente.

Havia coisa. A coisa era um coronel cirurgião louro e calvo que logo depois saía da barraca. Alice saiu atrás dele, e eu atrás dela. O homem estava sentado em um caixote de munição vazio, no escuro, os cotovelos apoiados nos joelhos e as mãos na cara. Não me viu; fiquei atrás dele enquanto Alice insistia para que ele fosse para dentro, ali estava terrivelmente frio, a neve caía em sua careca – *don't be silly, darling*, repetia ela docemente; ele murmurou coisas que eu não entendia, ela insistia para que ele entrasse, *please*...

Enfim, havia um *lieutenantcolonel* no Natal de minha *lieutenant*. A certa altura ele foi chamado a uma enfermaria, para alguma providência urgente, e eu quis raptar Alice, mas para onde, naquele descampado de neve, sem condução? Nem ela queria ir, dizia que não podia deixar a festa; tivemos um *clinch* amoroso (o que chamamos pega em português) atrás de uma barraca de material, mas emergiram da escuridão dois feridos de guerra com seus roupões *bordeaux* deixando entrever ataduras; e Alice, que estava fraquejando, repeliu-me para reconduzir os feridos a seus leitos.

O "48th Evacuation Hospital" mudou de pouso novamente e só voltei a ter notícias dela em abril do ano seguinte, no fim da guerra: Alice casara-se com o doutor tenente-coronel, por sinal um dos mais conhecidos cirurgiões de New York, e, através de um capitão brasileiro que me conhecia, me mandara um bilhete circunspectamente carinhoso participando suas núpcias e me desejava as felicidades que eu merecia.

Não merecia, com certeza; não as tive. Também, para dizer a verdade, não cheguei a ficar infeliz; guerra é guerra; apenas guardei uma lembrança um pouco amarga daquele Natal distante. Santo Deus, mais de 20 anos! Feliz Natal onde estiveres, Hélice ingrata!

Setembro, 1957

SOBRE O AMOR, DESAMOR...

Chega a notícia de que um casal de estrangeiros, nosso amigo, está se separando. Mais um! É tanta separação que um conhecido meu, que foi outro dia a um casamento grã-fino, me disse que, na hora de cumprimentar a noiva, teve a vontade idiota de lhe desejar felicidades "pelo seu primeiro casamento".

E essas notícias de separação muito antes de sair nos jornais correm com uma velocidade espantosa. Alguém nos conta sob segredo de morte, e em três ou quatro dias percebemos que toda a cidade já sabe – e ninguém morre por causa disso.

Uns acham graça em um detalhe ou outro. Mas o que fica, no fim, é um ressaibo amargo – a ideia das aflições e melancolias desses casos.

*

Ah, os casais de antigamente! Como eram plácidos e sábios e felizes e serenos...

(Principalmente vistos de longe. E as angústias e renúncias, e as longas humilhações caladas? Conheci um casal de velhos bem velhinhos, que era doce ver – os dois sempre juntos, quietos, delicados. Ele a desprezava. Ela o odiava.)

*

Sim, direis, mas há os casos lindos de amor para toda a vida, a paixão que vira ternura e amizade. Acaso não acreditais nisso, detestável Braga, pessimista barato?

E eu vos direi que sim. Já me contaram, já vi. É bonito. Apenas não entendo bem por que sempre falamos de um caso assim com uma ponta de pena. ("Eles são tão unidos, coitados.") De qualquer modo, é mesmo muito bonito; consola ver. Mas, como certos quadros, a gente deve olhar de uma certa distância.

*

"Eles se separaram" pode ser uma frase triste, e às vezes nem isso. "Estão se separando" é que é triste mesmo.

*

"Adultério" devia ser considerado palavra feia, já não digo pelo que exprime, mas porque é uma palavra feia. "Concubina" também. "Concubinagem" devia ser simplesmente riscada do dicionário; é horrível. Mas do lado legal está a pior palavra: "cônjuge". No dia em que uma mulher descobre que o homem, pelo simples fato de ser seu marido, é seu "cônjuge", coitado dele.

*

Mas no meio de tudo isso, fora disso, através disso, apesar disso tudo – há o amor. Ele é como a lua, resiste a todos os sonetos e abençoa todos os pântanos.

Rio, setembro, 1957

CARTA A UMA VELHA AMIGA

Como o avião não é direto, e não tenho ainda experiência do tempo que o correio leva, escrevo estas linhas, minha querida amiga, para lhe desejar Feliz Natal e Bom Ano Novo.

Você sabe que estes votos são do fundo do coração. Já por eles verá você que não é verdade que tenha eu abraçado a religião muçulmana; chegou-me a notícia de que se dizia isto, e me apresso a dizer que é falso.

Tenho, é verdade, procurado saber um pouco da religião e dos costumes desta gente do Reino do Marrocos, visto que entre ela vou viver. Procuro, entretanto, saber apenas o suficiente para evitar que, por inadvertência, eu faça algo chocante. Um amigo mandou-me de Paris um exemplar do *Alcorão*, em encadernação de luxo; na lombada vinha o nome do livro e o do profeta, como se este fosse o autor da obra. Ora, isto é uma heresia e uma inconveniência; devolvi o livro pelo primeiro correio. É uma heresia porque o *Corão* é a própria palavra divina, que foi revelada a Maomé; mas este não o compôs, inventou nem redigiu. E é uma grossa inconveniência porque esse livro só deve ser tocado por um fiel, e este mesmo só ousa fazê-lo quando em estado da pureza, depois das abluções de preceito. Seria do mesmo modo inútil perguntar como se deve portar um infiel no interior de uma mesquita. O que ele deve fazer é não ir lá dentro; toda a sua fineza consiste em não meter o bedelho onde não é chamado, nem querido.

Na vida de todo dia têm os muçulmanos muitas delicadezas; uma delas consiste em jamais dizer *não* em resposta a um pedido. Se você não pode ou não quer dar a esmola que o mendigo lhe pede, também não deve humilhá-lo com uma negativa; pode perfeitamente dizer – "outro dia", ou "Deus lhe dará"; prometer, ainda que sem a menor ideia de cumprir, pode parecer uma falsidade quando será apenas uma delicadeza. Minha gente da roça, lá no Espírito Santo, é muito assim; com o tempo, e uma certa finura, não é difícil distinguir um assentimento, que é para valer, de outro que é simples delicadeza.

Coisa que nenhum muçulmano faz é perguntar pela mulher ou pelas mulheres de outro; de mulheres ninguém fala; e esta lição não creio que seja má para nós outros, brasileiros, que parece que não temos outra conversa. "... Y hablar de mujeres se nos van las tarles" – como dizia um amigo meu argentino.

Devo dizer, aliás, que nesse assunto de mulheres o sentimento dos muçulmanos é muito diferente do nosso. Não sei quem tem razão; e não se trata de saber isso. Cada um fique lá com sua mania. A minha, querida amiga, é pensar em você com doçura, e saudade. Para mim você é *baraka*, o que, na língua da terra, quer dizer uma pessoa cuja presença traz alegria e felicidade. Escreva-me; e nem precisa me desejar nada de bom, que no momento nada me pode ser melhor que uma carta sua – a não ser a sua presença que, espero, um dia virá iluminar este Reino. Beijo-lhe as mãos.

12 de janeiro de 1962

A TUA LEMBRANÇA

Vi as sombras da noite avançando sobre o mar, entre árvores trêmulas. A tarde se lembrou que era outubro, e esfriou; então como um bicho obediente, eu fiquei triste. O céu mandava ficar triste; de longe ainda vinham melancólicos pios de pássaros, os últimos que se recolhiam, e me senti tão sozinho como se fosse uma criança perdida numa praia deserta.

Assim estava meu coração desarmado na sua tristeza quando chegou a tua lembrança; e eu não pude enxotá-la, porque ela veio de manso, como trazida pelo vento cansado da tarde. Era doce e meiga, como às vezes foi a tua presença; e pousou em mim. Não fiz um gesto, nem murmurei uma palavra de ternura; fiquei quieto, sentindo o leve peso de tua lembrança como o homem que tem sobre o peito uma cabeça de mulher e fica imóvel para não despertá-la. Esse homem, por fim, adormece; e quando acorda ainda tem um vago cuidado em não perturbar a sua amada; e então vê que ela partiu. E sai pelos caminhos à sua procura, e ergue a voz nos ermos do campo, e não a encontra mais.

Que história é essa que eu invento sozinho, quando a noite já se faz tão escura? Não se parece com a nossa, que é mais amarga e banal. Eu inventei essa história porque senti que a tua lembrança boa, que pousara em meu coração, era apenas um instante; logo viriam outras lembranças – de desamor, de tédio e desespero.

Não sou mais um bicho obediente; sou um homem inquieto, e olho a noite. As luzes da cidade se acenderam, e são fracas; no céu há manchas escuras de nuvens e poucas estrelas. A noite urbana é vazia e triste; e assim também meu coração.

4-5 de novembro de 1979

"VAMOS TOMAR ALGUMA COISA"

Encontrá-la na esquina foi uma surpresa. E embora estivesse com pressa, e talvez porque sentisse um leve embaraço, convidou-a para tomar alguma coisa no bar ali perto.

Aquele amor acabara sem drama nem tristeza; acabara de longe, durante uma viagem forçada que ele fizera. Mandou-lhe uma ou outra carta, e ela também lhe escreveu algumas vezes, bem-humorada e cordial. Depois o tempo foi passando e quando ele voltou ao Rio ela tinha outro amor, não a procurou logo; encontrou-a depois uma ou duas vezes, ocasionalmente; achou-a bonita, talvez um pouco mais do que antes, mas não pensou em recomeçar nada.

Agora há muito tempo não a via – e quando o garçom deixou os copos e se afastou, ele se surpreendeu, com um ar muito natural, a dizer coisas boas; que aquele novo penteado lhe ficava muito bem, e a saia era uma beleza, e o cinto... Ela protestou, aquele cinto largo e elástico está sendo usado por milhares de mulheres, de maneira que ele não poderia dizer que era elegância; uma senhora elegante jamais usaria coisa tão banalizada; seria o cúmulo do galanteio barato elogiar o cinto. Pois ele fez questão de dizer que exatamente admirava nela a tranquilidade com que usava um cinto que todo mundo usava; e a verdade é que para a sua cintura ele ficava especialmente bem; ela tinha bastante elegância natural para não temer a banalidade. Dizia essas coisas com sinceridade, mesmo com uma certa veemência, e ela riu: "Você, sempre o mesmo!".

Então houve um instante em que ambos sentiram que estavam na beira de relembrar aquele tempo, e subitamente ele começou a falar da casa em que morava agora; ela, como agradecida por ele ter evitado a conversa de recordações, começou a fazer perguntas impessoais, aceitou outro copo de bebida, contou uma história da irmãzinha (e quando estava contando se lembrou, e esteve quase dizendo, que a irmãzinha ainda há pouco tempo se lembrara dele, perguntara de repente por ele, mas omitiu isso que seria afinal uma referência àquele *tempo*); ele achou graça na história da menina, perguntou se ela estava muito alta e se estava ficando tão bonita como parecia que ia ficar, de súbito ela olhou o relógio, fez uma exclamação, estava atrasadíssima, ele pagou, acompanhou-a até um táxi na outra esquina – e depois que ela lhe acenou com a mão e fez um sorriso de despedida ele ainda se demorou um instante na calçada, vendo sua cabeça no interior do carro que se afastava, sentindo-se vagamente contente por ela ter ido embora, ou talvez por ter sido tão cordial o encontro e ele não ter dito nenhuma tolice e também não ter sido seco, ao mesmo tempo sentindo uma ternura por aquela mulher que fora sua e que lhe dera tanta tristeza e tanta alegria, lembrando que durante algum tempo a amara com certa aflição, com uma espécie de ligeira loucura, e achando suave sentir que ela ainda lhe despertava carinho e certamente também desejo, mas de um modo apenas agradável, como quem num dia quente passa no trem e vê um remanso de rio e pensa que seria gostoso dar um mergulho ali (não aquele sentimento de antigamente, faminto e doloroso de ciúme) e se perguntando se não voltaria a amá-la se a visse muitas vezes, e ao mesmo tempo feliz por ter acabado tudo, feliz com seu coração livre, solteiro leve.

20-26 de dezembro de 1981

APROVEITE SUA PAIXÃO

Um amigo me escreve desolado e pede conselhos. Não se trata de um rapaz, mas de um senhor como eu, de muito uso e algum abuso; e lhe ocorreu uma coisa que há muitos anos não tinha: apaixonou-se. "E isso", diz ele, "da maneira mais inadequada e imprópria, pois o objeto de minha paixão é pessoa a respeito da qual não posso nem devo ter qualquer esperança, devido a circunstâncias especiais. A coisa já dura algum tempo, e tenho a impressão de que não passará nunca..."

Passa sim, meu irmão; acaba passando. Pode, entretanto, durar muito, e convém tomar providências para atenuar seus malefícios. E, mesmo, transformá-los em benefícios. Por exemplo: como quase todo sujeito de nossa idade, você tem alguma barriga, e certamente já pensou várias vezes em suprimi-la. Em princípio, a paixão do tipo da sua tende a dilatar o estômago e ampliar o ventre, pois a inquietação constante faz com que a pessoa procure inconscientemente se distrair, bebendo e comendo. Isso realmente produz melhoras de momento, pois depois de uma copiosa feijoada qualquer pessoa tem uma tendência sonolenta a não sofrer. Com o passar do tempo, entretanto, a obesidade agrava os sofrimentos do apaixonado e a angústia sentimental aumenta na proporção direta dos quilos. Aconselho-o a entregar-se a disciplinas desagradáveis e úteis, uma das quais é exatamente fazer regime para emagrecer.

Quando, ao voltar da praia, sentir vontade de tomar um chopinho com o amigo no bar da esquina, "ofereça" à sua amada, em espírito, essa sua sede; se o convidarem a um "caju amigo", compareça, aceite um copo, mas sacrifique o seu desejo de tomá-lo, em holocausto ao seu amor. Nada de "beber para esquecer"; você deve "não beber para lembrar", o que do ponto de vista sentimental é mais digno – e descansa o fígado.

Alimente-se exclusivamente de verduras e legumes sem tempero. Isso lhe dará, ao fim de cada refeição, uma desagradável sensação de fome e vazio. Você se sentirá muito infeliz. Aproveite então para pensar que essa infelicidade é produzida pela sua paixão. Isso o ajudará a suportar estoicamente sua dieta e, ao mesmo tempo, irá fazendo com que a imagem do ser amado se torne ligeiramente odiosa. Ao tomar o café sem açúcar, diga somente estas palavras: "paixão amarga!"

Assim, em dois meses e meio poderá perder de oito a dez quilos e cerca de 45 por cento de sua paixão atual. Experimente e me escreva. Bola em frente, meu irmão.

VIVER SEM MARIANA É IMPOSSÍVEL

Foi o timbre especial de uma voz, entre tantas. Voltei devagar a cabeça, enquanto o amigo me falava, e procurei, sem saber por que, localizar a dona daquela voz. Mas o amigo contava uma coisa interessante, e minha atenção voltou para ele. Só, alguns instantes depois, ouvindo, entre vozes de homem, uma risada clara de mulher, é que um nome me cruzou a cabeça como um relâmpago e me ergui da cadeira: Mariana! Ela hesitou um instante, e quando meu nome saiu de sua boca nós já estávamos de pé, e abraçados. Pobre é a vida de um homem; mas é estranho como ele desperdiça riquezas, e nem se lembra mais. Se, passados tantos anos, eu tivesse ido encontrá-la sabendo que iria vê-la, e ela também esperasse me rever, talvez não houvesse essa explosão de carinho tão intensa, que parecíamos, entre os outros que nos olhavam surpresos, dois amantes que tivessem passado anos ansiando um pelo outro, e se buscando em vão. Não sei se ela sentiu, depois daquela efusão tão grande, a mesma estranheza que eu – se lhe acudiu subitamente a ideia de que antes não éramos tão amigos assim, e não achou estranha a imensa alegria do encontro. Nesse acaso dos encontros do mundo, que mistério é esse que faz se verem frias duas pessoas que se deixaram com muito carinho, e torna contrafeitos amigos de infância, mas também dá esse choque de prazer em velhos conhecidos escassamente cordiais? Ela estava bonita, talvez mais bonita que antes, mais dona de sua beleza. Há adolescentes e até moças que parecem não ser donas das próprias pernas, ou cujos olhos parecem um acaso, ou são inconscientes de seus ombros. Nelas a beleza parece um acidente, a que são, no fundo, estranhas; aconteceram-lhe aqueles ombros. Sabem apenas que são bonitas, mas não tomaram posse de si mesmas, são um fato demasiado recente e ainda instável, como um pássaro que se balança em um galho florido. Nessa mulher madura, a beleza está morando, a beleza não é um acidente fortuito, é sua maneira de ser.

Ela conta suas histórias, eu conto as minhas, mas toda essa multidão de pessoas e fatos que houve durante esse tempo em que não nos vimos tem apenas um sentido vago. Como se a gente entrasse num cinema para ver um filme qualquer e saísse, e então aquelas peripécias de amarguras e alegrias que iam nos interessando de minuto a minuto perdessem todo o sentido, nós dois tornando à rua da realidade. A realidade somos nós dois, amigos felizes de nos encontrarmos. E seu movimento de cabeça, o gesto de sua mão ao segurar a minha que lhe apresenta fogo para o cigarro, o timbre de sua voz longamente extraviado, mas nunca perdido em minha lembrança – tudo é um belo reino que de repente recuperei. Somos subitamente ricos um do outro, e conscientes dessa riqueza afetiva, com uma extraordinária pureza.

    Quando saímos, e me atraso um momento, e a vejo assim de corpo inteiro, andando, firme e suave na sua beleza, sigo-a um pouco mais devagar, para durante mais um instante ter o prazer de revê-la dos pés à cabeça, antes de lhe segurar o braço de velha amiga e lhe dizer, com uma franqueza instantânea que a faz rir: "Mariana, eu acho impossível uma pessoa viver sem você". E ela ri e agradece – pois já estamos na idade de poder dizer e ouvir, sem ilusões, as mais simples, e belas, e graves tolices.

Agosto, 1989

AINDA HÁ SOL, AINDA HÁ MAR

Soube, neste fim de ano, com tristeza, que você está doente. E, nesta manhã de sol claro e ondas fortes, tenho quase remorso em me sentir sólido e sadio diante do mar azul e pensar em você, em um escuro apartamento dessa Paris friorenta.

Não me lembro dessa rua em que você agora está morando, mas imagino uma ruazinha estreita do Quartier Latin, com um ou dois bistrôs, um açougue em que a carne de vaca é enfeitada com rosas de papel, uma loja de antiguidades, uma pequena livraria, uma venda de vinho e carvão, um hotel povoado de bolsistas africanos e estudantes suecos.

Imagino uma entrada escura, uma "concierge" de cabelos brancos presos no alto da cabeça, um pequeno elevador de duas portas oscilante que sobe, com um gemido quase humano, até um corredor triste e, dentro do apartamento, você com um capote preto, meio pálida, uma descuidada mecha de cabelos caindo pela testa. E quase ouço a sua voz grave me convidando a sentar, tomar um copo de vinho, *"bouffer"* alguma coisa. Nevou pela manhã. Agora, neste começo de tarde, a rua é nervosa e triste com gente apressada nas calçadas estreitas e um ou outro táxi roncando e fazendo espirrar lama. O dia é curto, já se faz escuro, está um pouco menos frio, mas tudo muito úmido. E você estará triste, desanimada, na cama, olhando o papel de parede como se nele quisesse descobrir as linhas de seu futuro, neste dezembro vazio e ruim de sua vida.

Não sei que lembrança você terá deste vago brasileiro, mas tenho a ilusão de pensar que lhe fará bem saber que muito, muito longe, além do mar, há um homem que esta manhã, na praia de espumas brilhantes, pensou em você, e pensou com ternura, e lembrou com saudade o seu riso claro e sua mecha de cabelos castanhos. Este homem é inútil e não pode lhe mandar nem um pouco deste sol para aquecer o seu corpo nem um pouco deste vento sadio e limpo do mar para lavar o seu pulmão que respira esse ar confinado que o *"chauffage"* resseca, e a fumaça do cigarro vicia.

Mas guarde esta notícia, minha amiga: o mundo não é tão escuro e frio como lhe parece neste momento; fique bem quieta e paciente, num canto da cama, vendo televisão ou ouvindo música e sabendo que logo haverá, também para você, dias de sol, cálidos e alegres, com espuma brilhando.

    Foi este ano centenário de tantas coisas, cheio de novidades e peripécias no jogo das nações deste mundo. Em todas as lutas e episódios do Ocidente e do Oriente soprou um espírito tão antigo, quanto novo, de liberdade. Ele muitas vezes terá feito balançar também algo no íntimo das pessoas. Agora fique quieta aí, agasalhada no seu canto. Mas, se você se erguer na cama e chegar lentamente até a janela para ver lá fora, pela vidraça embaçada, a rua escura e suja, e voltar ainda mais triste para a cama, pense nesta notícia à toa que eu lhe mando, e é tudo o que eu lhe posso mandar: ainda há sol, ainda há mar e o vento do mar.

Dezembro, 1989

E talvez não se queira achar

A LUA E O MAR

A lua domina o mar. Quando a lua é cheia, a maré baixa vai mais baixo do que nunca. A praia não tem palmeiras, e isso faz uma falta muito triste. Nós possuíamos antigamente dois coqueiros. Ficavam atrás das canoas. Em noites de lua cheia as suas folhas de prata verde dançavam na areia branca. Mas o capitão em férias gostava de fazer exercícios de tiro ao alvo. Atirou nas palmeiras. Atirou no peito das duas palmeiras irmãs. Elas durante duas noites ainda agitaram suas palmas no ar, ainda reagiram contra o vento. Mas a seiva do peito escorria pelos troncos longos. As balas do capitão poderiam ter ferido aqueles troncos. As palmeiras nada sofreriam. Poderiam ter cortado a haste de uma palma. Uma palma despencaria dançando ao vento e o vento ainda a arrastaria sobre a areia branca e solta, até que as folhas fossem enterradas na areia morena e molhada. Mas o capitão atirou no peito da palmeira mais alta.

A bala penetrou ali como em carne túmida. A seiva veio escorrendo do fundo do peito. Quem nunca estudou botânica sabe que palmeira da beira da praia tem um coração verde.

A seiva branca invade aquele coração e o coração verde palpita. A palmeira mais alta, aquela que mais de perto sabia dançar para a lua, que mais longe fazia dançar na areia alva a sua sombra, a palmeira mais alta teve o coração malferido. As palmas altivas que lutavam contra o nordeste mais bravo, e onde o terral que ia à noite para o meio do mar dava o último beijo na vida da terra, pouco a pouco enfraqueceram e murcharam. O tronco alto e fino não teve mais vida para continuar erguido, e o sudoeste o derrubou numa tarde de chuva. A palmeira menor acompanhou sua irmã, que também ela tinha o coração ferido.

Agora ali os pescadores vão estender suas redes. É atrás do pouso das canoas velhas. O capim cheio de espinhos agoniza na areia salgada. Ali podereis ver ainda dois pequenos tocos. Ali tínhamos duas palmeiras. E elas dançavam para a lua.

A lua é cheia. Armando me fala da lua do Ceará. Armando jamais voou sobre as ondas em jangada, em noite de lua. Porém, ele fala com mágoa da lua do Ceará. Ele tem uma namorada muito loura e fina.

A namorada mora em uma rua sossegada. Rua de bairro sossegado do Rio de Janeiro. Armando, em noite de lua, conversou com a namorada na rua dormente. As pequenas árvores urbanas, habitualmente tão prosaicas, tão funcionárias, estavam líricas. Armando idem. Os cabelos louros da namorada de Armando, que talvez fossem apenas de um louro vêneto, estavam *platinum* sob o luar. Muito, muito raro, passava um passante. Os cabelos eram de prata, eram de leite, eram de ouro, de seda? Cintilavam, o luar escorria neles, e eles beijados pelo luar se cercavam de um doce nimbo. A conversa foi longa e tímida. Armando disse tanta coisa sobre a lua do Ceará. O Ceará tem uma lua especial. Não há nenhuma água no céu, a lua brilha no ar seco, as estrelas se multiplicam por mil e se dividem por um e assim formam uma espécie de luar suplementar. Armando pretendia que na lua nova o brilho das estrelas fazia sombra nítida na praia. Eu indaguei se eram assim tão claras as estrelas cearenses. Armando suspirou dizendo que a lua do Ceará brilhava tanto e tanto – ai! – que em chegando a lua nova ainda havia no ar um resto do luar da lua cheia. Seria, talvez, delírio de Armando. Mas não o acuseis, criaturas. A sua namorada ao seu lado na rua dormente era loura e tinha o talhe da palmeira como Iracema e Sulamita. Mas a sua pele não tinha a cor trigueira do corpo de Iracema, de Sulamita e das palmeiras da Bíblia e do Brasil. A sua pele tinha a cor da seiva das palmeiras, era muito alva, a cor do luar. E é preciso perdoar Armando, criaturas, pois sua namorada estava vestida de azul. Assim em delírio ele disse que a jangada voava sobre as ondas. As velas pandas voavam nas espumas para o mar alto. A jangada tanto deslizou que começou a se erguer das águas e foi voando no ar, voando pelo céu. Parecia uma garça que voasse no alto-mar entre o mar e a lua. Mas – ai! – as garças voam de preferência sobre os brejos.

    A jangada de velas brancas está voando. Armando está na rua dormente namorando, e a conversa é longa e tímida, e a namorada se vestiu de azul, e seus cabelos são de ouro desmaiado, espuma de leite, prata, seda?

    O fato é que, quanto a nós, já não possuímos nenhuma palmeira. Apenas lá vereis dois pobres tocos, no pouso das canoas velhas, onde os pescadores estendem suas redes e o capim cheio de espinhos agoniza na areia salgada.

Mas a lua é sempre lua. A maré começou a descer já noite. A praia cresceu tanto que parece infinita. A maré tão baixinha soluça longe entre pedras cobertas de algas. Como está claríssima de luar a praia! Que mar humilde e distante!

A lua domina o mar. Ela domina tudo. Armando sabe coisas a respeito de sua magia. Armando, me empresta esses olhos líricos, no fundo dessas olheiras, que eu preciso de magia. Eu quero ver ao luar as palmeiras mortas se erguerem na minha praia. Se erguerem piedosamente ao luar, até que as palmas de prata verde bem altas possam dançar para a lua. Eu quero essa visão das palmeiras irmãs ressuscitando no céu da noite enluarada.

É doloroso constatar, Armando, que isso é impossível no momento. Você agora tem de ir dar o plantão no hospital e eu, depois deste, preciso escrever outro artigo, para ganhar tem-tem.

Rio, março, 1935

DA PRAIA

Lembro que olhando pela porta do bar vimos a indecisa aurora que animava as ondas. Erguemo-nos, saímos. O oceano amanhecia como um poderoso trabalhador, a resmungar; ou como grande, vasta mulher, entre murmúrios; ou como árvore imensa num insensível espreguiçamento de ramos densos de folhas. No seio da imensa penumbra nascia um mundo de solidão perante nossos olhos cansados. Era um mundo puro, mas triste e sem fim; um grande mundo que assombrava e amargava o pobre homem perdido na praia. Agora todos haviam partido, eu estava só. Não tinha um amigo, nem mulher, nem casco de canoa, nem pedra na mão. A maneira mais primária e raivosa de comunicação com o mar é ter uma pedra na mão e lançá-la. É um desafio de criança ou de louco; é um apelo.

Para o homem solitário da praia o mar tem uma vida de espanto. Já nadei em uma praia solitária de mar aberto; tem um gosto de luta e de suicídio; dá uma espécie de raiva misturada com medo. Não apenas imaginamos que naquela praia selvagem grandes peixes vorazes devem se aproximar, e a cada instante julgamos pressentir o ataque de um tubarão; também sentimos, na força da onda que rompemos, uma estranha vida, como se estivéssemos lutando entre os músculos de um imenso animal.

Para o sul e para o norte a grande praia deserta; atrás, baixos morros selvagens e arenosos, num horizonte morto; e o mar sitiando tudo, acuando tudo, com seu tumulto e seus estrondos. Mais de uma vez vagabundei sozinho em canoa pelas costas desertas. Mas montado em canoa temos um domínio: jogamos um jogo com a água e o vento, e ganhamos. O homem só na praia, perante as ondas mais altas que ele, esse é de uma fraqueza patética. Pode desconhecer o mar e seguir caminhando em silêncio pela areia; se o faz, porém, sabe que está fugindo a um insistente desafio. Sua linha de movimento, ao longo da praia, com o mar bramindo a seu flanco, é uma perpendicular constrangedora às grandes linhas de ação da natureza. A espuma das ondas que lhe chega aos pés ou deles se aproxima, ora mais, ora menos, acuando-o de um lado, lembra-lhe que não deve andar em reta, mas se afastando e se abeirando do mar, para ter, nessas oblíquas, uma ilusão de que não se desloca fora do eixo da natureza. Só o vento, não soprando do seio da terra nem do centro do mar, mas empurrando-o pelas costas ou batendo-lhe a cara, pode restaurá-lo no ritmo do mundo. Empurrado pelo vento, ele está de bem com a natureza e se deixa levar, embora com um vago ressentimento. Contrariado pelo vento, ele põe em jogo seu instinto de luta, e sua marcha mais banal tem um secreto sabor heroico.

Assim anda o homem solitário na longa praia. Mas aqui a praia não é deserta. Atrás de nós estão os edifícios fechados, e a cidade que desperta penosamente. Parados entre a solidão do oceano e a solidão urbana, estamos entre o mundo puro e infinito de sempre e o mundo precário e quadriculado de todo dia. Este é o mundo que nos prende; estamos amarrados a ele pelos fios de mil telefones.

E ainda somos abençoados, porque vivemos nesta cidade perante o amplo mar. Quando nós, homens, erguemos uma cidade, quantas vezes somos desatentos e pueris! Há cidades entre montanhas, e são tristes; mais tristes são aquelas em que vegetamos no mesquinho plano sem fé, limitados a norte, sul, leste, oeste pelo mesmo frio cimento que erguemos. Se todas as esquinas são em ângulo reto, que esperança pode haver de clemência e doçura? Apenas o céu nos dá a curva maternal de que temos sede. Mas o homem, por natureza, pouco olha o céu; é um animal prisioneiro da grosseira força da gravidade: ela puxa nossos olhos para o plano, para o chão. Plantai a vossa povoação junto a um rio, e estareis perdoados; tendes o fluir melancólico das águas para levar as vossas canoas nas monções do sonho.

Mas deixemos o mar; entremos por esta rua. Estrondam bondes. A lenta maré humana começa a subir. Os açougues mostram a carne vermelha a uma luz cruel; as filas se mexem inquietas, sem avançar, velhas cobras de barriga vazia. Voltemos para casa, e sejamos humildes. O mundo é seco. Não mais sonhar em remover as povoações para a beira do mar oceano, nem abrir caminhos para a fuga da tristeza humana. Estamos outra vez quadriculados em nosso tédio municipal: a torneira não tem água. Ajoelhemos perante a torneira seca: e, embora sem lágrimas, choremos.

Junho, 1946

PROCURA-SE

Procura-se aflitivamente pelas igrejas e botequins, e no recesso dos lares e nas gavetas dos escritórios, procura-se insistente e melancolicamente, procura-se comovida e desesperadamente, e de todos os modos e com muitos outros advérbios de modo, procura-se junto a amigos judeus e árabes, e senhoras suspeitas e insuspeitas, sem distinção de credo nem de plástica, procura-se junto às estátuas e na areia da praia, e na noite de chuva e na manhã encharcada de luz, procura-se com as mãos, os olhos e o coração um pobre caderninho azul que tem escrita na capa a palavra "endereços" e dentro está todo sujo, rabiscado e velho.

Pondera-se que tal caderninho não tem valor para nenhuma outra pessoa de boa-fé, a não ser seu desgraçado autor. Tem este autor publicado vários livros e enchido ou bem ou mal centenas de quilômetros de colunas de jornal e revista, porém sua única obra sincera e sentida é esse caderninho azul, escrito através de longos anos de aflições e esperanças, e negócios urgentes e amores contrariadíssimos, embora seja forçoso confessar que há ali números de telefone que foram escritos em momentos em que um pé do cidadão pisava uma nuvem e outro uma estrela e os outros dois... – sim, meus concidadãos, trata-se de um quadrúpede. Eu sou um velho quadrúpede e de quatro joelhos no chão eu peço que me ajudeis a encontrar esse objeto perdido.

Pois eis que não perdi um simples caderno, mas um velho sobrado de Florença e um pobre mocambo do Recife, um arcanjo de cabelos castanhos residente em Botafogo em 1943, um doce remorso paulista e o endereço do único homem honrado que sabe consertar palhinha de cadeira no Distrito Federal.

O caderno é reconhecível para os estranhos mediante o desenho feito na folha branca do fim, representando Vênus de Milo em birome azul, cujo desenho foi feito pelo abaixo-assinado no próprio Museu do Louvre, e nesse momento a deusa estremeceu. Haverá talvez um número de telefone rabiscado no torso da deusa, assim como na letra K há trechos de um poema para sempre inacabado escrito com letra particularmente ruim.

Na segunda página da letra D há notas sobre vencimentos de humildes, porém nefandas dívidas bancárias e com uma letra que eu não digo começa o nome de meu bem, que é todo o mal de minha vida.
Procura-se um caderninho azul escrito a lápis e tinta e sangue, suor e lágrimas, com setenta por cento de endereços caducos e cancelados e telefones retirados e, portanto, absolutamente necessários e urgentes e irreconstituíveis. Procura-se, e talvez não se queira achar, um caderninho azul com um passado cinzento e confuso de um homem triste e vulgar... Procura-se, e talvez não se queira achar.

Outubro, 1948

SOBRE A MORTE

Veio a minha casa outro dia o João Condé a fazer um *flash*, e logo me perturbei com sua rápida metralha de perguntas. A muitas, confesso, nada respondi, pelo embaraço profundo em que me lançava: autor predileto, romancista e poeta brasileiro mais queridos, e essa espantosa pergunta: qual o seu melhor amigo?

Amigos tenho muitos, mas tive vontade de dizer que o melhor deles ainda era este mesmo velho Braga. Não seria justo. "Quem gosta de mim sou eu", diz uma cantiga. Não impede isso que o velho Braga tenha-me feito as piores ursadas e me deixado, mais de uma vez, com seu leviano temperamento e seu apurado espírito de porco, em tristes situações.

Uma pessoa minha inimiga íntima, que estava presente, deu a Condé as informações sobre minha lamentável personalidade que eu preferiria esconder. O público não lucrará muito, certamente, nem ficará vivamente emocionado, sabendo que fui gago em criança; nem que, embora escreva com certa desenvoltura sobre amores e damas, sou, na vida prática, um pavoroso tímido – o que, de resto, não fica mal a um senhor feio, ou *piuttosto bruto* como diziam, com certa gentileza, as *signorine* de Florença.

A última pergunta de João Condé é sempre sobre a morte. Conforme lhe respondi, espero ainda viver bastante – embora olhando o meu horizonte, não consiga descobrir nada além de cinzentas melancolias. E gostaria de ser cremado, como o senhor Gandhi.

A morte é uma ideia muitas vezes consoladora, mas que pode ser irritante. Leio nos jornais grande reclamação contra as agências de enterros. Há um tabelamento oficial, mas por fora o interessado paga uma infinidade de taxas, emolumentos e comissões. Além das agências, o monopólio funerário também escorcha o cliente. Este, na aflição e tristeza do momento, não vai discutir essa coisa de dinheiro – e o defunto igualmente não dá um pio.

Confesso que, se a morte não me causa susto, as agências funerárias me desgostam um pouco. Existe uma no bairro, no caminho entre minha casa e o boteco da praia que muito frequentei. Foi num tempo em que desgostos íntimos quase toda noite me levavam a beber para esquecer, ou ruminar lembranças amargas. (Hoje as rumino mesmo a seco.) Lembro, porém, que, regressando a casa alta madrugada, e às vezes, por que não confessar um tanto trôpego de pernas e ideias, só via uma casa de portas abertas, um anúncio aceso na rua silenciosa: a agência funerária.

Lá dentro dois sujeitos jogavam damas – e quando eu passava o que estava de frente para a rua erguia os olhos um pouco para me ver. Era um sujeito pouco simpático, em mangas de camisa, sempre a fumar um toco de charuto. A maneira com que me olhava toda madrugada começou a me irritar. Ele parecia dizer: "Hum, ali vai outra vez aquele sujeito. Continua a beber... Não deve durar muito..."

E devia estar pensando que poderia ganhar algumas centenas de cruzeiros de comissão à minha custa...

Imaginei-me, uma vez, personagem de uma novela russa. Certa madrugada, perdidamente bêbado e desesperado com o olhar cobiçoso e irônico do jogador de damas, eu entraria em seu boteco fúnebre e berraria: "você vai primeiro! você não me enterra!" – e lhe meteria um punhal na barriga.

Não digo que me tenha curado do mal que então me consumia a pobre alma; porém ele está recolhido, e acabei me convencendo, como o homem do samba, de que bebida não é um medicamento. Mas ainda hoje tenho certa aversão pela saleta iluminada com seu telefone e anúncio em gás néon.

Dizem que quando se liga para aquele número o homem do toco de charuto atende com uma voz cavernosa que tenta ser gentil para agradar a freguesia: "Funerais, boa noite..."

Vai ver que, no fundo, é uma alma delicada e sensível; mas, pela cara, não parece. Eu preferiria morrer depois dele; assim morrerei menos contrariado.

Março, 1949

O MORADOR

De repente me ocorre que estou cansado de morar nesta casa. Durante demasiados anos vivi de casa em casa, de quarto em quarto, de cidade em cidade, para que não sinta esse desgosto sutil de estar parado na mesma esquina, embora quieta, embora boa.

Minha vida aportou aqui sem dizer que ia ficar, tal como a canoa do pescador que para junto a uma pedra, sem saber se é por meia hora ou pelo dia inteiro. Aos poucos levantei, sem o notar, a minuciosa coreografia humana deste trecho de mundo. As caras permanentes da rua foram se fixando no fundo de meus olhos; um dia encontrei, no centro da cidade, um empregado do armazém da esquina e achei tão absurdo vê-lo ali como se, entrando em um Ministério, eu encontrasse, no gabinete, o gato ruivo de minha vizinha.

Custei a reconhecer a cara familiaríssima do mulato; seria talvez um garçom de Belo Horizonte, ou o contínuo de um jornal de Porto Alegre, talvez algum soldado da FEB... Não consegui descobrir.

No dia seguinte ele passou sob a minha janela, como passa várias vezes por dia, em sua bicicleta, e tive um sobressalto.

É que essas caras existem em função da rua. Também já me aconteceu cumprimentar, distraído, na saída de um cinema, uma moça loura de pele muito queimada; cumprimentei-a sem saber exatamente quem era, mas sentindo que era uma pessoa muito conhecida, talvez irmã de algum amigo. Ela respondeu de um modo meio reticente, meio surpreso. Fiquei embaraçado. Depois descobri que não tenho relações com essa moça; apenas a conheço de vista, da minha rua, onde nunca me ocorreria cumprimentá-la.

O mecanismo da cordialidade humana não é muito simples; sempre corro o perigo de cumprimentar efusivamente, quando encontro, de súbito, um desafeto qualquer: antes de me dar conta de quem se trata, eu o saúdo porque é uma cara conhecida...

Mas a rua subitamente me cansa. Parece que sou escravo de seus hábitos; sei precisamente a hora em que a vaca-leiteira aparece e as empregadas das casas saem apressadas, de latas e garrafas na mão, para a pequena fila de leite; conheço todos os pregões, e os carteiros, os meninos que esperam o ônibus do colégio, o apartamento que fica aceso ao longo das madrugadas para o pif-paf e o "buraco"; conheço até alguns automóveis e os fregueses do boteco perto do mar, o idiota com quem os moleques mexem, a mocinha tão bonita que de repente ficou magra, triste, esquisita...

Sem indagar, sem na realidade saber o nome de ninguém, vou sem querer considerando tudo isso como parte de minha própria vida; a rua se infiltrou em mim como se eu vivesse em uma aldeia minúscula. Há dois ou três sujeitos antipáticos e mulheres desagradáveis que nunca me fizeram mal algum, mas cuja existência me dá um desgosto secreto; experimento, sem querer, um aborrecimento quando os vejo, e gostaria de não vê-los mais; estou cansado deles como se fossem companheiros de viagem em uma longa e monótona travessia.

Seria doce mudar, de casa ou de país. Sei, por experiência, que tudo isso que parece tão estabelecido em minha vida se diluirá com facilidade, e até o número da casa e do telefone serão esquecidos, e toda essa gente e todas essas coisas se apagarão em lembranças remotas. E como sempre, voltando um dia por acaso a esta esquina, como já voltei a tantos lugares em que morei, é possível que eu tenha alguma saudade, mas bem maior será o secreto prazer de pensar que me livrei de tudo, das ternuras e aborrecimentos desta rua, que tudo ficou para trás como uma estação sem interesse, apenas mais uma estação, nesta viagem em demanda de coisa alguma.

Alegrei-me quando a agência funerária a algumas quadras daqui fechou a porta. Era triste supor que se eu morresse aqui meu enterro seria encomendado àquele homem gordo e tedioso, que escreveria o meu nome em um papel e faria contas com um lápis na mão. Pois até nisso a pequena rua fechava o seu círculo de rotina e burocracia em volta de mim; até nisso visava me acostumar à morna tirania de seus hábitos.

No dia em que partir, eu me sentirei mais livre do que todos, e gozarei de um infantil sentimento de superioridade, como dizendo: "vocês pensavam que eu fosse um morador desta rua, como vocês são; não é verdade; eu estava apenas em trânsito, apenas disfarçado em morador, e tenho na minha frente um horizonte trêmulo de surpresas... Adeus, volto para meus caminhos."

E irei morar em outra cidade qualquer, em outra rua qualquer, como esta...

Maio, 1949

NASCEM VARÕES

Do quarto crescente à lua cheia o mar veio subindo de fúria até uma grande festa desesperada de ondas imensas e espumas a ferver. Vi-o estrondando nas praias, arrebatando-se com raiva nas pedras altas. O vento era manso, e depois do sol louro e alegre vinha a lua entre raras nuvens de leite; mas o mar veio crescendo de fúria; e as mulheres de meus amigos que estavam grávidas, todas deram à luz meninos. Sim, nasceram todos varões.

Nascem varões. O poeta Carlos faz um poema seco e triste. Disse-me: quando crescer, Pedro Domingos Sabino não lerá esses versos; ou então não os poderá entender. O poeta contempla com inquietação e melancolia os varões do futuro. Não os entende; sente que neste mundo estranho e fluido as vozes podem perder o sentido ao cabo de uma geração; entretanto faz um poema. Sinto vontade de romper esse momento surdo e solene em que mergulhamos; ora bolas, nasceu mais um menino. Afinal os meninos sempre nasceram, e inclusive isso é a primeira coisa que costumam fazer: aparentemente essa história é muito antiga, e talvez monótona. Mas estamos solenes. As mães olham os que nasceram. Os pais tomam conhaque e providências. O mundo continua.

O que talvez nos perturba um pouco é esse sentimento da continuação do mundo. Esses pequeninos e vagos animais sonolentos que ainda não enxergam, não ouvem, não sabem nada, e quase apenas dormem, cansados do longo trabalho de nascer – ali está o mundo continuando, insistindo na sua peleja e no seu gesto monótono. Nós todos, os homens, lhes daremos nosso recado; eles aprenderão que o céu é azul e as árvores são verdes, que o fogo queima, a água afoga, o automóvel mata, as mulheres são misteriosas e os gaturamos gostam de frutas. Nós lhes ensinaremos muitas coisas, das quais muitas erradas e outras que eles mais tarde verificarão não ter a menor importância.

Este lhes falará de Deus e santos; aquele, da conveniência geral de andar limpo, ceder o lado direito à dama e responder as cartas. Temos um baú imenso, cheio de noções e abusões, que despejaremos sobre suas cabeças. E com esses trapos de ideias e lendas eles se cobrirão, se enfeitarão, lutarão entre si, se rasgarão, se desprezarão e se amarão. Escondidas nas dobras de bandeiras e flâmulas, nós lhes transmitiremos, discretamente, nossas perplexidades e nosso amor ao vício; a lembrança de que todavia não convém deixar de ser feroz; de que o homem é o lobo do homem, a mulher é o descanso do guerreiro; frases, milhões de frases, o espetáculo começa quando você chega, um beijo na face pede-se e dá-se, se quiser ofereça a outra face, se o guerreiro descansa a mulher quer movimento, os lobos vivem em sociedades chamadas alcateias, os peixes são cardume, desculpa de amarelo é friagem e desgraça pouca é bobagem. Armados de tão maravilhosos instrumentos eles empinarão seus papagaios, trocarão suas caneladas, distribuirão seus orçamentos, amarão suas mulheres, terão vontade de mandar, de matar e, de vez em quando, como nos acontece a todos, de sossegar, morrer.

Penso nessa jovem e bela mãe que tem nos braços seu primeiro filho varão. É o quadro eterno, de insuperável, solene e doce beleza, a madona e o *bambino*. Poderia ver ao lado, de pé, sério, o vulto do pai. Mas esse vulto é pouco nítido, quase apenas uma sombra que vai sumindo. Ele não tem mais importância. Desde seu último gemido de amor entrou em estranha agonia metafísica. Seu próprio ser já não tem mais sentido, ele o passou além. A mãe é necessária, sua agonia é mais lenta e bela, ela dará seu leite, sua própria substância, seu calor e seu beijo; e à medida que for se dando a esse novo varão, ele irá crescendo e se afirmando até deixá-la para um canto como um trapo inútil.

Honrarás pai e mãe – aconselha-nos o Senhor. Que estranho e cruel verbo Ele escolheu! Que necessidade melancólica sentiu de fazer um mandamento do que não está na força feroz da vida! Tem o verbo "honrar" um delicado sentido fúnebre.

Mas nós, os honrados e, portanto, os deixados à margem, os afastados da vida, os disfarçadamente mortos, nós reagimos com infinita crueldade. Muito devagar, e com astúcia, vamos lhes passando todo o peso de nossa longa miséria, todos os volumes inúteis que carregamos sem saber por que, apenas porque nos deram a carregar. Afinal, isto pode ser útil; afinal, isto pode ser verdade; isto deve ser necessário, visto que existe. Tais são as desculpas de nossa malícia; no fundo apenas queremos ficar mais leves para o fim da caminhada.

Muitos desses pais vigiaram a própria saúde para não transmitir nenhum mal à próxima geração; purificaram o corpo antes de se reproduzirem. Cumpriram seu rito pré-nupcial e depois, na carne da mãe, já fecundada, prosseguiram em cuidados ternos, como se esperassem ver nascer algo de perfeito, um anjo, limpo de toda mácula.

Procuram assim, aflitamente, limpar em pouco tempo todos os longos pecados da espécie, toda a triste acumulação de males através de gerações.

Agora estão com a consciência tranquila; agora podem começar a nobre tarefa de transmitir ao novo ser o seu vício e a sua malícia, a sua tristeza e o seu desespero, todo o remorso dos pecados que não conseguiram fazer, todo o amargor das renúncias a que foram obrigados. O menino deve ser forte para aguentar a vida – esta vida que lhe deixamos de herança. Deve ser bem forte! Forremos sua alma de chumbo, seu coração de amianto.

Nascem varões neste inverno; a lua é cheia, o mar vem crescendo de fúria sob um céu azul. Mas sua fúria sagrada é impotente; nós sobrevivemos: o mundo continua. E as ondas recuam, desanimadas.

Julho, 1949

A NAVEGAÇÃO DA CASA

Muitos invernos rudes já viveu esta casa. E os que a habitaram através dos tempos lutaram longamente contra o frio entre essas paredes que hoje abrigam um triste senhor do Brasil.

Vim para aqui enxotado pela tristeza do quarto do hotel, uma tristeza fria, de escritório. Chamei amigos para conhecer a casa. Um trouxe conhaque, outro veio com vinho tinto. Um amigo pintor trouxe um cavalete e tintas para que os pintores amigos possam pintar quando vierem. Outro apareceu com uma vitrola e um monte de discos. As mulheres ajudaram a servir as coisas e dançaram alegremente para espantar o fantasma das tristezas de muitas gerações que moraram sob esse teto. A velha amiga trouxe um lenço, me pediu uma pequena moeda de meio franco. A que chegou antes de todas trouxe flores; pequeninas flores, umas brancas e outras cor de vinho. Não são das que aparecem nas vitrinas de luxo, mas das que rebentam por toda parte, em volta de Paris e dentro de Paris, porque a primavera chegou.

Tudo isso alegra o coração de um homem. Mesmo quando ele já teve outras casas e outros amigos, e sabe que o tempo carrega uma traição no bojo de cada minuto. Oh! deuses miseráveis da vida, por que nos obrigais ao incessante assassínio de nós mesmos, e a esse interminável desperdício de ternuras? Bebendo esse grosso vinho a um canto da casa comprida e cheia de calor humano (ela parece jogar suavemente de popa a proa, com seus assoalhos oscilantes sob os tapetes gastos, velha fragata que sai outra vez para o oceano, tripulada por vinte criaturas bêbadas) eu vou ternamente misturando aos presentes os fantasmas cordiais que vivem em minha saudade.

Quando a festa é finda e todos partem, não tenho coragem de sair. Sinto o obscuro dever de ficar só nesse velho barco, como se pudesse naufragar se eu o abandonasse nessa noite de chuva. Ando pelas salas ermas, olho os cantos desconhecidos, abro as imensas gavetas, contemplo a multidão de estranhos e velhos utensílios de copa e de cozinha.

Eu disse que os moradores antigos lutaram duramente contra o inverno, através das gerações. Imagino os invernos das guerras que passaram;

ainda restam da última farrapos de papel preto nas janelas que dão para dentro. Há uma série grande e triste de aparelhos de luta contra o frio; aquecedores a gás, a eletricidade, a carvão e óleo que foram sendo comprados sucessivamente, radiadores de diversos sistemas, com esse ar barroco e triste da velha maquinaria francesa. Imagino que não usarei nenhum deles; mas abril ainda não terminou e depois de dormir em uma bela noite enluarada de primavera acordamos em um dia feio, sujo e triste como uma traição. O inverno voltou de súbito, gelado, com seu vento ruim a esbofetear a gente desprevenida pelas esquinas.

Hesitei longamente, dentro da casa gelada; qual daqueles aparelhos usaria? O mais belo, revestido de porcelana, não funcionava, e talvez nunca tivesse funcionado; era apenas um enfeite no ângulo de um quarto; investiguei lentamente os outros, abrindo tampas enferrujadas e contemplando cinzas antigas dentro de seus bojos escuros. Além do sistema geral da casa – esse eu logo pus de lado, porque comporta ligações que não merecem fé e termômetros encardidos ao lado de pequenas caixas misteriosas – havia vários pequenos sistemas locais. Chegaram uns amigos que se divertiram em me ver assim perplexo. Dei conhaque para aquecê-los, uma jovem se pôs a cantar na guitarra, mas continuei minha perquirição melancólica. Foi então que me veio a ideia mais simples: afastei todos os aparelhos e abri, em cada sala, as velhas lareiras. Umas com trempe, outras sem trempe, a todas enchi de lenha e pus fogo, vigiando sempre para ver se as chaminés funcionavam, jogando jornais, gravetos e tacos e toros, lutando contra a fumaceira, mas venci.

Todos tiveram o mesmo sentimento: apagar as luzes. Então eu passeava de sala em sala como um velho capitão, vigiando meus fogos que lançavam revérberos nos móveis e paredes, cuidando carinhosamente das chamas como se fossem grandes flores ardentes mas delicadas que iam crescendo graças ao meu amor. Lá fora o vento fustigava a chuva, na praça mal iluminada; e vi, junto à luz triste de um poste, passarem flocos brancos que se perdiam na escuridão. Essa neve não caía do céu; eram as pequenas flores de uma árvore imensa que voavam naquela noite de inverno, sob a tortura do vento.

Detenho-me diante de uma lareira e olho o fogo. É gordo e vermelho, como nas pinturas antigas; remexo as brasas com o ferro, baixo um pouco a tampa de metal e então ele chia com mais força, estala, raiveja, grunhe. Abro: mais intensos clarões vermelhos lambem o grande quarto e a grande cômoda velha parece se regozijar ao receber a luz desse honesto fogo. Há chamas douradas, pinceladas azuis, brasas rubras e outras cor-de-rosa, numa delicadeza de guache. Lá no alto, todas as minhas chaminés devem estar fumegando com seus penachos brancos na noite escura; não é a lenha do fogo, é toda a minha fragata velha que estala de popa a proa, e vai partir no mar de chuva. Dentro, leva cálidos corações.

Então, nesse belo momento humano, sentimos o quanto somos bichos. Somos bons bichos que nos chegamos ao fogo, os olhos luzindo; bebemos o vinho da Borgonha e comemos pão. Meus bons fantasmas voltam e se misturam aos presentes; estão sentados; estão sentados atrás de mim, apresentando ao fogo suas mãos finas de mulher, suas mãos grossas de homem. Murmuram coisas, dizem meu nome, estão quietos e bem, como se sempre todos vivêssemos juntos; olham o fogo. Somos todos amigos, os antigos e os novos, meus sucessivos eus se dão as mãos, cabeças castanhas ou louras de mulheres de várias épocas são lambidas pelo clarão do mesmo fogo, caras de amigos meus que não se conheciam se fitam um momento e logo se entendem; mas não falam muito. Sabemos que há muita coisa triste, muito erro e aflição, todos temos tanta culpa; mas agora está tudo bom.

Remonto mais no tempo, rodeio fogueiras da infância, grandes tachos vermelhos, tenho vontade de reler a carta triste que outro dia recebi de minha irmã. Contemplo um braço de mulher, que a luz do fogo beija e doura; ela está sentada longe, e vejo apenas esse braço forte e suave, mas isso me faz bem. De súbito me vem uma lembrança triste, aquele sagui que eu trouxe do norte de Minas para minha noiva e morreu de frio porque o deixei fora uma noite, em Belo Horizonte. Doeu-me a morte do sagui; sem querer eu o matei de frio; assim matamos, por distração, muitas ternuras. Mas todas regressam, o pequenino bicho triste também vem se aquecer ao calor de meu fogo, e me perdoa com seus olhos humildes. Penso em meninos. Penso em um menino.

Paris, abril de 1950

O MATO

Veio o vento frio, e depois o temporal noturno, e depois da lenta chuva que passou toda a manhã caindo e ainda voltou algumas vezes durante o dia, a cidade entardeceu em brumas. Então o homem esqueceu o trabalho e as promissórias, esqueceu a condução e o telefone e o asfalto, e saiu andando lentamente por aquele morro coberto de um mato viçoso, perto de sua casa. O capim cheio de água molhava seu sapato e as pernas da calça; o mato escurecia sem vaga-lumes nem grilos.

Pôs a mão no tronco de uma árvore pequena, sacudiu um pouco, e recebeu nos cabelos e na cara as gotas de água como se fosse uma bênção. Ali perto mesmo a cidade murmurava, estalava com seus ruídos vespertinos, ranger de bondes, buzinar impaciente de carros, vozes indistintas; mas ele via apenas algumas árvores, um canto de mato, uma pedra escura. Ali perto, dentro de uma casa fechada, um telefone batia, silenciava, batia outra vez, interminável, paciente, melancólico. Alguém, com certeza já sem esperança, insistia em querer falar com alguém.

Por um instante, o homem voltou seu pensamento para a cidade e sua vida. Aquele telefone tocando em vão era um dos milhões de atos falhados da vida urbana. Pensou no desgaste nervoso dessa vida, nos desencontros, nas incertezas, no jogo de ambições e vaidades, na procura de amor e de importância, na caça ao dinheiro e aos prazeres. Ainda bem que de todas as grandes cidades do mundo o Rio é a única a permitir a evasão fácil para o mar e a floresta. Ele estava ali num desses limites entre a cidade dos homens e a natureza pura; ainda pensava em seus problemas urbanos – mas um camaleão correu de súbito, um passarinho piou triste em algum ramo, e o homem ficou atento àquela humilde vida animal e também à vida silenciosa e úmida das árvores, e à pedra escura, com sua pele de musgo e seu misterioso coração mineral.

E pouco a pouco ele foi sentindo uma paz naquele começo de escuridão, sentiu vontade de deitar e dormir entre a erva úmida, de se tornar um confuso ser vegetal, num grande sossego, farto de terra e de água; ficaria verde, emitiria raízes e folhas, seu tronco seria um tronco escuro, grosso, seus ramos formariam copa densa, e ele seria, sem angústia nem amor, sem desejo nem tristeza, forte, quieto, imóvel, feliz.

Novembro, 1952

HOMEM NO MAR

De minha varanda, vejo, entre árvores e telhados, o mar. Não há ninguém na praia, que resplende ao sol. O vento é nordeste, e vai tangendo, aqui e ali, no belo azul das águas, pequenas espumas que marcham alguns segundos e morrem, como bichos alegres e humildes; perto da terra a onda é verde.

Mas percebo um movimento em um ponto do mar; é um homem nadando. Ele nada a uma certa distância da praia, em braçadas pausadas e fortes; nada a favor das águas e do vento, e as pequenas espumas que nascem e somem parecem ir mais depressa do que ele. Justo: espumas são leves, são feitas de nada, toda sua substância é água e vento e luz, e o homem tem sua carne, seus ossos, seu coração, todo seu corpo a transportar na água.

Ele usa os músculos com uma calma energia; avança. Certamente não suspeita de que um desconhecido o vê e o admira, porque ele está nadando na praia deserta. Não sei de onde vem essa admiração, mas encontro nesse homem uma nobreza calma, sinto-me solidário com ele, acompanho o seu esforço solitário como se ele estivesse cumprindo uma bela missão. Já nadou em minha presença uns 300 metros; antes, não sei; duas vezes o perdi de vista, quando ele passou atrás das árvores, mas esperei com toda confiança que reaparecesse sua cabeça, e o movimento alternado de seus braços. Mais uns 50 metros e o perderei de vista, pois um telhado o esconderá. Que ele nade bem esses 50 ou 60 metros; isto me parece importante; é preciso que conserve a mesma batida de sua braçada, e que eu o veja desaparecer assim como o vi aparecer, no mesmo rumo, no mesmo ritmo, forte, lento, sereno. Será perfeito; a imagem desse homem me faz bem.

É apenas a imagem de um homem, e eu não poderia saber sua idade, nem sua cor, nem os traços de sua cara. Estou solidário com ele, e espero que ele esteja comigo. Que ele atinja o telhado vermelho, e então eu poderei sair da varanda tranquilo, pensando – "vi um homem sozinho, nadando no mar; quando o vi, ele já estava nadando; acompanhei-o com atenção durante todo o tempo, e testemunho que ele nadou sempre com firmeza e correção; esperei que ele atingisse um telhado vermelho, e ele o atingiu".

Agora não sou mais responsável por ele; cumpri o meu dever, e ele cumpriu o seu. Admiro-o. Não consigo saber em que reside, para mim, a grandeza de sua tarefa; ele não estava fazendo nenhum gesto a favor de alguém, nem construindo algo de útil; mas certamente fazia uma coisa bela, e a fazia de um modo puro e viril.

Não desço para ir esperá-lo na praia e lhe apertar a mão; mas dou meu silencioso apoio, minha atenção e minha estima a esse desconhecido, a esse nobre animal, a esse homem, a esse correto irmão.

Janeiro, 1953

BICHOS

As onças-pintadas estão bem: saíram das horríveis jaulas em que viviam entediadas e agora passeiam pela grama, entre altas palmeiras-imperiais; podem nadar, subir a pedras, dormir na furna – e brincam, se dão tapas amoráveis, rolam felizes pelo chão. As girafas existem – o que, para girafas, já representa um esforço estranho, e sincero, visto que ninguém continua entendendo como podem existir bichos assim. Visitei Nancy, a hipopótoma: estava quietinha dentro d'água, com a cabeçorra mergulhada e às vezes a erguia para aspirar a brisa da tarde meiga pelas suas grandes narinas redondas e vermelhas – que tinha o cuidado de cerrar hermeticamente antes de mergulhar outra vez. As ariranhas me pareceram muito alegres, os elefantes um pouco sem assunto. As senhoras macacas estavam todas entretidas em fazer cafunés em seus senhores macacos, que se deixavam coçar e acarinhar com ares muito lânguidos, na doce tarde de outono.

Não gosto de me meter na vida dos outros, mas acredito que dentro de alguns meses deveremos esperar alguma novidade a respeito de dromedários. O casal estava em um namoro fechado, cada um enrolando o pescoço no pescoço do par, mordiscos e grunhidos ao mesmo tempo ternos e nervosos. Quando começou a escurecer, muitos bichos ficaram calados, mas as araras, cabotinas, se puseram a berrar os próprios nomes, e os periquitos e maritacas periquitavam e maritacavam com alarido e escarcéu.

Saímos. Entre as altas folhagens a luz era quase pálida, mas as sombras vieram crescendo devagar, como tangidas pelo vento, e de repente tudo ficou quase rosa, depois violeta, sobre o velho parque. Saímos. E pelas esquinas, onde autos buzinavam atrás de bondes apinhados de gente, tínhamos a impressão de estar em outro jardim zoológico, mais nervoso e mais triste. Esses bichos chamados gente se recolhiam aos ninhos e tocas, no escurecer. E a cidade nos pareceu muito grande e muito pobre; tão cheia de gente e tão mal iluminada, se paralisando em qualquer esquina, numa agitação melancólica. Mas subimos, passamos o túnel da rua Alice – e paramos um instante lá no alto. Agora as luzes de Botafogo e Laranjeiras piscavam lá embaixo, tímidas, o céu era azul--escuro, com as primeiras estrelas e uma talhada de lua – o céu era alto e sereno sobre a terra vasta e humilde cheia de bichos – e nós dois, sem tédio, nem ternura, apenas lado a lado, éramos dois bichos quietos, mansos e talvez, por distração, felizes.

21 de maio de 1953

NEIDE

O céu está limpo, não há nenhuma nuvem acima de nós. O avião, entretanto, começa a dar saltos, e temos de pôr os cintos para evitar uma cabeçada na poltrona da frente. Olho pela janela: é que estamos sobrevoando de perto um grande tumulto de montanhas. As montanhas são belas, cobertas de florestas; no verde-escuro há manchas de ferrugem de palmeiras, algum ouro de ipê, alguma prata de imbaúba – e de súbito uma cidade linda e um rio estreito. Dizem-me que é Petrópolis.

É fácil explicar que o vento nas montanhas faz corrente para baixo e para cima, como também o ar é mais frio debaixo da leve nuvem. A um passageiro assustado o comissário diz que "isso é natural". Mas o avião, com o tranquilo conforto imóvel com que nos faz vencer milhas em segundos, havia nos tirado o sentimento do natural. Somos hóspedes da máquina. Os motores foram revistos, estão perfeitos, funcionam bem, e temos nossas passagens no bolso; tudo está em ordem. Os solavancos nos lembram de que a natureza insiste em existir, e ainda nos precipita além dela, para os reinos azuis da Metafísica. Pode o avião vencer a montanha, e desprezar as passagens antigas que a humanidade sempre trilhou. Mas sua vitória não pode ser saboreada de perto: mesmo debaixo, a montanha ainda fez sentir que existe, e à menor imprudência da máquina o gigante vencido a sorverá de um hausto, e a destruirá. Assim a humilde lagoa, assim a pequena nuvem: a tudo isso somos sensíveis dentro de nosso monstro de metal.

A menina disse que era mentira, que não se via anjo nenhum nas nuvens. O homem, porém, explicou que sim, e pediu que eu confirmasse. Eu disse:

— Tem anjo sim. Mas tem muito pouco. Até agora, desde que saímos, eu só vi um, e assim mesmo de longe. Hoje em dia há muito poucos anjos no céu. Parece que eles se assustam com os aviões. Nessas nuvens maiores nunca se encontra nenhum. Você deve procurar nas nuvenzinhas pequenas, que ficam separadas umas das outras; é nelas que os anjos gostam de brincar. Eles voam de uma para outra.

A menina queria saber de que cor eram as asas dos anjos, e de que tamanho eles eram. O homem explicou que os anjos tinham as asas da mesma cor daquele vestidinho da menina; e eram de seu tamanho. Ela começou a duvidar novamente, mas chamamos o comissário de bordo. Ele confirmou a existência dos anjos com a autoridade de seu ofício; era impossível duvidar da palavra do comissário de bordo, que usa uniforme e voa todo dia para um lado e outro, e além disso ele tinha um argumento impressionante: "Então você não sabia que tem anjos no céu?" E perguntou se ela tinha vontade de ser anjo.

— Não.

— Que é que você quer ser?

— Aeromoça!

E começou a nos servir biscoitos; dois passageiros que estavam cochilando acordaram assustados, porque ela apertara o botão que faz descer as costas das poltronas; mas depois riram e aceitaram os biscoitos.

— A Baía de Guanabara!

Começamos a descer. E quando o avião tocava o solo, naquele instante de leve tensão nervosa, ela se libertou do cinto e gritou alegremente:

— Agora tudo vai explodir!

E disse que queria sair primeiro porque estava com muita pressa, para ver as horas na torre do edifício ali perto: pois já sabia ver as horas. Não deviam ter-lhe ensinado isso. Ela já sabe tanta coisa! As horas se juntam, fazem os dias, fazem os anos, e tudo vai passando, e os anjos depois não existem mais, nem no céu, nem na terra.

Agosto, 1953

AS MENINAS

Foi há muito tempo, no Mediterrâneo ou numa praia qualquer perdida na imensidão do Brasil? Apenas sei que havia sol e alguns banhistas; e apareceram duas meninas de vestidos compridos – o de uma era verde, o da outra era azul. Essas meninas estavam um pouco longe de mim; vi que a princípio apenas brincavam na espuma; depois, erguendo os vestidos até os joelhos, avançaram um pouco mais. Com certeza uma onda imprevista as molhou; elas riam muito, e agora tomavam banho de mar assim vestidas, uma de azul, outra de verde. Uma devia ter 7 anos, outra 9 ou 10; não sei quem eram, se eram irmãs; de longe eu não as via bem. Eram apenas duas meninas vestidas de cores marinhas brincando no mar; e isso era alegre e tinha uma beleza ingênua e imprevista.

Por que ressuscita dentro de mim essa imagem, essa manhã? Foi um momento apenas. Havia muita luz, e um vento. Eu estava de pé na praia. Podia ser um momento feliz, e em si mesmo talvez fosse; e aquele singelo quadro de beleza me fez bem; mas uma fina, indefinível angústia me vem misturada com essa lembrança. O vestido verde, o vestido azul, as duas meninas rindo, saltando com seus vestidos colados ao corpo, brilhando ao sol; o vento...

Eu devia estar triste quando vi as meninas, mas deixei um pouco minha tristeza para mirar com um sorriso a sua graça e a sua felicidade. Senti talvez necessidade de mostrar a alguém – "veja, aquelas duas meninas..." Mostrar à toa; ou, quem sabe, para repartir aquele instante de beleza, como quem reparte um pão, ou um cacho de uvas em sinal de estima e de simplicidade; em sinal de comunhão; ou talvez para disfarçar minha silenciosa angústia.

Não era uma angústia dolorosa; era leve, quase suave. Como se eu tivesse de repente o sentimento vivo de que aquele momento luminoso era precário e fugaz; a grossa tristeza da vida, com seu gosto de solidão, subiu um instante dentro de mim, para me lembrar que eu devia ser feliz naquele momento, pois aquele momento ia passar. Foi talvez para fixá-lo, de algum modo, que pedi a ajuda de uma pessoa amiga; ou talvez eu quisesse dizer alguma coisa a essa pessoa e apenas lhe soubesse dizer: "veja aquelas duas meninas..."

E as meninas riam brincando no mar.

Fevereiro, 1957

LEMBRANÇAS DA FAZENDA

Na fazenda havia muitos patos. As patas sumiam, iam fazer seus ninhos numa ilha lá em cima. Quando os patinhos nasciam, elas desciam o rio à frente de suas pequenas esquadrilhas amarelas e aportavam gloriosas no terreiro da fazenda. Apareceu uma romã de vez com sinal de mordida de criança. Um menino foi acusado. Negou. A prima já moça pegou a romã, meteu na boca do menino, disse que os sinais dos dentes coincidiam. O menino continuou negando, fez má-criação, foi preso na despensa. Ficou chorando, batendo na porta como um desesperado para que o tirassem daquele lugar escuro. Ninguém o tirava. Então começou, em um acesso de raiva, a derrubar no chão sacos de milho e arroz. Estranharam que ele não estivesse mais batendo, e abriram a porta. Escapou com a violência de uma fera acuada que empreende uma surtida.

As primas da roça passavam no meio da boiada sem medo nenhum, mas os meninos da cidade ficavam olhando a cara dos bois e achavam que os bois estavam olhando para eles com más intenções. A linguagem crua das moças da roça sobre a reprodução dos animais os assustava.

Na outra fazenda havia um córrego perdido entre margens fofas de capim crescido. O menino foi tomar banho, voltou com cinco sanguessugas pegadas no corpo. Havia um carpinteiro chamado "seu" Roque e uma grande mó de pedra no moinho de fubá onde a água passava chorando. Quando pararam o moinho, veio um silêncio pesado e grosso dos morros em volta e caiu sobre todas as coisas.

Gosto lento de descascar cana e chupar cana. A garapa escorrendo grossa de uma bica de lata da engenhoca. O café secando no terreiro de terra batida. Mulheres de panos na cabeça trabalhando na roça. O homem doente deitado gemendo no paiol de milho. Havia um pari, onde se ia toda manhã bem cedo pisar as pedras limosas na água tão fria, apanhar peixes.

A estrada onde se ia a cavalo, a estrada úmida aberta de pouco no seio escuro da mata. A lembrança do primo que caiu do cavalo, foi arrastado com um pé preso no estribo mexicano, a cabeça se arrebentando nas pedras.

Defronte da fazenda havia uma pedra grande, imensa, escura, onde de tarde, no verão, se ajuntavam nuvens pretas e depois relampejava e trovoava e chovia com estrondo uma chuva grossa que acabava meia hora antes da hora de o sol descer, e então os meninos saíam da varanda da fazenda e iam correr no pasto molhado.

A travessia do ribeirão no lugar fundo que não dava pé, debaixo da ponte, a água escura e grossa, o medo de morrer. O jacaré pequeno que uma roda do carro de boi pegou. Os bois atravessando o rio a nado, o menino a cavalo confiante no seu cavalo nadador. As balsas lentas, as canoas escuras e compridas, pássaros tontos batendo com o peito na parede e morrendo, gaviões súbitos carregando pintos, a história da onça que veio até o porão.

E subir morro e descer morro com espingarda na mão, e a cobra vista de repente e os mosquitos de tarde e o bambual na beira do rio com rolinhas ciscando. Os bois curados com creolina, as vacas mugindo longe dos bezerros, o leite quentinho bebido de manhã, a terra vermelha dos barrancos, a terra preta onde se cava minhoca, a tempestade no milharal, o calor e a tonteira da primeira cachaça, e os pecados cometidos atrás do morro com tanta inocência animal.

E, de repente, uma paixão.

Rio, junho, 1958

A OUTRA NOITE

Outro dia fui a São Paulo e resolvi voltar à noite, uma noite de vento sul e chuva, tanto lá como aqui. Quando vinha para casa de táxi, encontrei um amigo e o trouxe até Copacabana; e contei a ele que lá em cima, além das nuvens, estava um luar lindo de lua cheia; e que as nuvens feias que cobriam a cidade eram, vistas de cima, enluaradas, colchões de sonho, alvas, uma paisagem irreal.

Depois que o meu amigo desceu do carro, o chofer aproveitou um sinal fechado para voltar-se para mim:

— O senhor vai desculpar, eu estava aqui a ouvir sua conversa. Mas, tem mesmo luar lá em cima?

Confirmei: sim, acima da nossa noite preta e enlamaçada e torpe havia uma outra – pura, perfeita e linda.

— Mas, que coisa...

Ele chegou a pôr a cabeça fora do carro para olhar o céu fechado de chuva. Depois continuou guiando mais lentamente. Não sei se sonhava em ser aviador ou pensava em outra coisa.

— Ora, sim senhor...

E, quando saltei e paguei a corrida, ele me disse um "boa-noite" e um "muito obrigado ao senhor" tão sinceros, tão veementes, como se eu lhe tivesse feito um presente de rei.

Rio, setembro, 1959

QUEM SABE DEUS ESTÁ OUVINDO

Outro dia eu estava distraído, chupando um caju na varanda, e fiquei com a castanha na mão, sem saber onde botar. Perto de mim havia um vaso de antúrio; pus a castanha ali, calcando-a um pouco para entrar na terra, sem sequer me dar conta do que fazia.

Na semana seguinte a empregada me chamou a atenção: a castanha estava brotando. Alguma coisa verde saía da terra, em forma de concha. Dois ou três dias depois acordei cedo, e vi que durante a noite aquela coisa verde lançara para o ar um caule com pequenas folhas. É impressionante a rapidez com que essa plantinha cresce e vai abrindo folhas novas.

Notei que a empregada regava com especial carinho a planta, e caçoei dela:

— Você vai criar um cajueiro aí?

Embaraçada, ela confessou: tinha de arrancar a mudinha, naturalmente; mas estava com pena.

— Mas é melhor arrancar logo, não é?

Fiquei em silêncio. Seria exagero dizer: silêncio criminoso – mas confesso que havia nele um certo remorso. Um silêncio covarde. Não tenho terra onde plantar um cajueiro, e seria uma tolice permitir que ele crescesse ali mais alguns centímetros, sem nenhum futuro. Eu fora o culpado, com meu gesto leviano de enterrar a castanha, mas isso a empregada não sabe; ela pensa que tudo foi obra do acaso. Arrancar a plantinha com a minha mão – disso eu não seria capaz; nem mesmo dar ordem para que ela o fizesse. Se ela o fizer, darei de ombros e não pensarei mais no caso; mas que o faça com sua mão, por sua iniciativa. Para a castanha e sua linda plantinha seremos dois deuses contrários, mas igualmente ignaros: eu, o deus da Vida; ela, o da Morte.

Hoje pela manhã ela começou a me dizer alguma coisa – "seu Rubem, o cajueirinho..." – mas o telefone tocou, fui atender, e a frase não se completou. Agora mesmo ela voltou da feira; trouxe um pequeno vaso com terra e transplantou para ele a mudinha.

Veio me mostrar:

— Eu comprei um vaso...
— Ahn...
Depois de um silêncio, eu disse:
— Cajueiro sente muito a mudança, morre à toa...
Ela olhou a plantinha e disse com convicção:
— Esse aqui não vai morrer, não senhor.

Eu devia lhe perguntar o que ela vai fazer com aquilo, daqui a uma, duas semanas. Ela espera, talvez, que eu o leve para o quintal de algum amigo; ela mesma não tem onde plantá-lo. Senti que ela tivera medo de que eu a censurasse pela compra do vaso, e ficara aliviada com minha indiferença. Antes de me sentar para escrever, eu disse, sorrindo, uma frase profética, dita apenas por dizer:

— Ainda vou chupar muito caju desse cajueiro!

Ela riu muito, depois ficou séria, levou o vaso para a varanda, e, ao passar por mim na sala, disse baixo, com certa gravidade:

— É capaz mesmo, seu Rubem; quem sabe Deus está ouvindo o que o senhor está dizendo...

Mas eu acho, sem falsa modéstia, que Deus deve andar muito ocupado com as bombas de hidrogênio e outros assuntos maiores.

Rio, janeiro, 1960

É UM GRANDE COMPANHEIRO

Fui outro dia a um almoço de jornalistas. Há muito tempo não via tantos jornalistas juntos. Revi colegas que não encontrava há longos anos, antigos companheiros dos mais diversos batentes de jornal – e confesso que isto me comoveu, me sentir no meio desta nossa fauna tão desunida, como um marinheiro encanecido que reencontra colegas de antigas equipagens, evoca o nome de barcos já perdidos no fundo do mar e dos tempos.

Foi ao lado de um desses velhos amigos que me sentei, e a conversa em torno ia alegre e trivial quando alguém pronunciou o nome de um colega que se acabou há pouco tempo, obscuramente, de uma doença longa e ruim. Meu amigo fez-se grave, ficou um instante calado, e depois disse, como se acabasse de fazer uma descoberta, que esta nossa vida é uma coisa precária, que não vale nada. E durante algum tempo nos deixamos pensar nessa coisa terrivelmente simples, a morte; tivemos o sentimento e a consciência de que nós dois e nós todos que ali estávamos, na bela manhã de sol, éramos apenas condenados à morte; cada um se acabará por sua vez, de repente, num estouro, ou devagar, aniquilado pela humilhação da doença.

Não há pessoa tão distraída que não tenha vivido esses instantes de consciência da morte, esses momentos em que a gente sente que ela não é apenas uma certeza futura, é alguma coisa já presente em nós, que faz parte de nosso próprio ser. Há uma força dentro de nós que instintivamente repele essa ideia, a experiência de cada um diz que a morte é uma coisa que acontece... aos outros. Mesmo quem – é o meu caso – já teve alguns instantes na vida em que se viu em face da morte, e a julgou inevitável, e já teve outros instantes em que a desejou como um descanso e uma libertação – não incorpora esta experiência ao sentimento de vida. Deixa-a de lado, esquece-a, todo voltado para a vida, fascinado pelo seu jogo, pelo seu prazer, até pela sua tristeza.

Tudo o que, em um momento realmente grave, nos pareceu sem qualquer importância, todas essas joias falsas com que enfeitamos nós mesmos a nossa vida, tudo volta a brilhar com um fascínio tirânico.

Inútil "realizar" a morte, para usar este útil barbarismo dos maus tradutores de inglês. A realidade vulgar da vida logo nos empolga, a morte fica sendo alguma coisa vaga, distante, alguma coisa em que, no fundo de nosso coração, não acreditamos.

Dessa pequena conversa triste, em que dissemos as coisas mais desesperadoramente banais, saímos, os dois, com uma espécie de amor raivoso à vida, ciúme e pressa da vida.

Volto para casa. Estou cansado e tenho motivo já não digo para estar triste, mas, vamos dizer, aborrecido. Mas me distraio olhando o passarinho que trouxe da roça. Não é bonito e canta pouco, esse bicudo que ainda não fez a segunda muda. Mas o que é fascinante nele, o que me prende a ele, é sua vida, sua vitalidade inquieta, ágil, infatigável, seu apetite, seu susto, a reação instantânea com que abre o bico, zangado, quando o ameaço com a mão. Ele agora está tomando banho e se sacode todo, salta, muda de poleiro, agita as penas – e me vigia de lado, com um olhinho escuro e vivo.

Mudo-lhe a água do bebedouro, jogo-lhe pedrinhas de calcita que ele gosta de trincar. E me sinto bem com essa presença viva que não me compreende, mas que sente em mim um outro bicho, amigo ou inimigo, uma outra vida. Ele não sabe da morte, não a espera nem a teme – e a desmente em cada vibração de seu pequeno ser ávido e inquieto. Meu bicudo é um grande companheiro e irmão, e, na verdade, muito me ajuda.

Março, 1965

O ABOMINÁVEL HOMEM DAS NEVES

E se o "abominável homem das neves" for uma boa pessoa? De todos os mitos modernos nenhum me espanta mais do que esse, criado e proclamado por todos os exploradores que sobem o Himalaia. Seu rastro foi visto e seguido várias vezes; seu vulto imenso apercebido pelos indígenas, vislumbrado pelos europeus, ampliado pela imaginação das lendas que nascem nas alturas alvas e alucinantes de ar rarefeito.

O que mais espanta, porém, nesse monstro da solidão branca, é seu caráter abominável. Sem conhecê-lo, sem tocá-lo, sem ouvi-lo sequer, todos o temem e odeiam. É, por definição, abominável. Tudo o que se sabe, entretanto, de positivo, a seu respeito, é que seu pé mede quase o dobro do pé de um homem comum. É o que se vê nesta sua pegada. Isso indica, apenas, que ele é alto. Nunca nenhum telegrama explicou por que ele é abominável; o mais certo é que seja apenas abominado.

Talvez nossa pequena humanidade o abomine apenas por não compreendê-lo, ou pelo simples fato de ser ele mais que um homem, um super-homem. O despeito dos pequenos é que o abomina. Quem sabe, ele não se refugiou na solidão gelada apenas por ter o corpo e a alma grande demais para viver entre nós? Fatigado de nossas mesquinharias, ele foi para os cimos brancos que o sol faz fulgurar e o luar azula. Dali, longe da melancólica agitação humana, ele vê o rodar silencioso das estrelas pela imensidão. Não lê, certamente, nos jornais, o despacho das agências, e não sabe que é abominado.

As considerações acima vieram em carta de uma gentil leitora; tomei a liberdade apenas de dar alguns retoques na redação.

Minha querida leitora: sua defesa gratuita do "homem da neve" revela apenas que você tem um coração de ouro; digo mais, um coração de banana-ouro, mole e docinho.

Mas deixe o "homem da neve" em paz, se as agências telegráficas o xingam e ele não sabe disso, melhor para ele. Tenha pena, minha amiga, do homem da terra, o pobre homem da terra, feito de poeira e carvão e paciência e tímida esperança – que os poderosos adulam e, no fundo, também abominam.

15 de março de 1987

AS BOAS COISAS DA VIDA

Uma revista mais ou menos frívola pediu a várias pessoas para dizer as "dez coisas que fazem a vida valer a pena". Sem pensar demasiado, fiz esta pequena lista:

– Esbarrar às vezes com certas comidas da infância, por exemplo: aipim cozido, ainda quente, com melado de cana que vem numa garrafa cuja rolha é um sabugo de milho. O sabugo dará um certo gosto ao melado? Dá: gosto de infância, de tarde na fazenda.

– Tomar um banho excelente num bom hotel, vestir uma roupa confortável e sair pela primeira vez pelas ruas de uma cidade estranha, achando que ali vão acontecer coisas surpreendentes e lindas. E acontecerem.

– Quando você vai andando por um lugar e há um bate-bola, sentir que a bola vem para seu lado e, de repente, dar um chute perfeito – e ser aplaudido pelos serventes de pedreiro.

– Ler pela primeira vez um poema realmente bom. Ou um pedaço de prosa, daqueles que dão inveja na gente e vontade de reler.

– Aquele momento em que você sente que de um velho amor ficou uma grande amizade – ou que uma grande amizade está virando, de repente, amor.

– Sentir que você deixou de gostar de uma mulher que, afinal, para você, era apenas aflição de espírito e frustração da carne – a mulher que não te deu e não te dá, essa amaldiçoada.

– Viajar, partir...

– Voltar.

– Quando se vive na Europa, voltar para Paris; quando se vive no Brasil, voltar para o Rio.

– Pensar que, por pior que estejam as coisas, há sempre uma solução, a morte – o assim chamado descanso eterno.

COMO SE FOSSE PARA SEMPRE

Haviam-me prometido pescadas soberbas e robalos deste tamanho, sem exagero; e até espadartes. Passamos o dia inteiro no barco e tudo o que matamos foi uma dúzia de humildes canguás. Eles visivelmente se esforçaram para se prender a nossos anzóis imensos; assim salvaram a honra desses rios e mangues entre São Vicente e Santos. Em memória do quê, um historiador presente declarou que o antigo nome de São Vicente era Canguás. Moradores locais negavam, furiosos, mas ele insistia na invencionice com sua autoridade de traça de Ms: "Até meados do século XVI ainda se escrevia – São Vicente, antiga Canguás – em todos os documentos. E sabe por que esse nome? Porque se viu que nessas águas só existia uma raça de peixe, o canguá."

Fosse como fosse, havia senhoras nos esperando na casa da Praia Grande. Como chegar da pescaria, nós todos, homens grandes e barbados, com tanto apetrecho e só com aqueles canguazinhos inocentes? Compramos algumas pescadas e chegamos em casa de cabeça erguida.

É bela, esta São Vicente, com praias mansas e praias bravas, com mangues e mar aberto. Se não caçamos mais peixe foi porque na maré de lua nova as águas sobem e descem com fúria demais. Mas caçamos o principal: este silêncio e esta brisa dos mangues entardecendo, esta garrafa de cachaça passando de mão em mão. Somos pescadores de sossego e de amizade: pescamos a melancolia altiva da ponte pênsil, mas também a tristeza negra, humilde e longa dessa ponte baixa por onde passa o trenzinho que vai para o litoral sul.

O japonês encosta o barco na margem. Comemos sobre velhas canoas, e o silêncio é bom nessa indolência de beira-rio. A vida é vaga, mansa…

Mas olho o chão. E vejo toda uma horda de siris minúsculos, cada um erguendo no ar uma puã única, mas do tamanho de seu corpo. Com essa patola gigantesca para seu talhe, esse caranguejinho parece um pequeno povo que gasta em armamento toda a sua receita. Ao longo da margem, a terra é toda crivada de buracos onde eles se escondem quando a gente – esse monstro, o homem – avança. A gente se afasta, eles saem dos *fox-holes* e enxameiam outra vez, puãs no ar, numa vida de guerra e fome.

Junto a um tronco vejo passar uma formiguinha vermelha. Carrega com esforço uma folha grande; caminha penosa, mas implacavelmente. Isto é a vida, essa teimosia obscura e feroz de cada dia. Um instinto sem finalidade além da vida mesma – a vida que se defende para se repetir em mais uma geração de siris, de formiguinhas ruivas e de homens, tropeçando nos mesmos enganos, avançando com a mesma sinistra obstinação... para quê?

O melhor é tomar mais uma cachaça, fumar um cigarro e dormir um pouco no bojo da velha canoa. Dormir de corpo largado, dormir bem solto, como se fosse para todo o sempre.

Uma certa doçura

ALMOÇO MINEIRO

Éramos dezesseis, incluindo quatro automóveis, uma charrete, três diplomatas, dois jornalistas, um capitão-tenente da Marinha, um tenente-coronel da Força Pública, um empresário do cassino, um prefeito, uma senhora loura e três morenas, dois oficiais de gabinete, uma criança de colo e outra de fita cor-de-rosa que se fazia acompanhar de uma boneca. Falamos de vários assuntos inconfessáveis. Depois de alguns minutos de debates ficou assentado que Poços de Caldas é uma linda cidade. Também se deliberou, depois de ouvidos vários oradores, que estava um dia muito bonito. A palestra foi decaindo, então, para assuntos muito escabrosos: discutiu-se até política. Depois que uma senhora paulista e outra carioca trocaram ideias a respeito do separatismo, um cavalheiro ergueu um brinde ao Brasil. Logo se levantaram outros, que, infelizmente, não nos foi possível anotar, em vista de estarmos situados na extremidade da mesa. Pelo entusiasmo reinante supomos que foram brindados o soldado desconhecido, as tardes de outono, as flores dos vergéis, os proletários armênios e as pessoas presentes. O certo é que um preto fazia funcionar a sua harmônica, ou talvez a sua concertina, com bastante sentimento. Seu Nhonhô cantou ao violão com a pureza e a operosidade inerentes a um velho funcionário municipal.

Mas nós todos sentíamos, no fundo do coração, que nada tinha importância, nem a Força Pública, nem o violão de seu Nhonhô, nem mesmo as águas sulfurosas. Acima de tudo pairava o divino lombo de porco com tutu de feijão. O lombo era macio e tão suave que todos imaginamos que o seu primitivo dono devia ser um porco extremamente gentil, expoente da mais fina flor da espiritualidade suína. O tutu era um tutu honesto, forte, poderoso, saudável.

É inútil dizer qualquer coisa a respeito dos torresmos. Eram torresmos trigueiros como a doce amada de Salomão, alguns louros, outros mulatos. Uns estavam molinhos, quase simples gordura. Outros eram duros e enroscados, com dois ou três fios.

Havia arroz sem colorau, couve e pão. Sobre a toalha havia também copos cheios de vinho ou de água mineral, sorrisos, manchas de sol e a frescura do vento que sussurrava nas árvores. E no fim de tudo houve fotografias. É possível que nesse intervalo tenhamos esquecido uma encantadora linguiça de porco e talvez um pouco de farofa. Que importa? O lombo era o essencial, e a sua essência era sublime. Por fora era escuro, com tons de ouro. A faca penetrava nele tão docemente como a alma de uma virgem pura entra no céu. A polpa se abria, levemente enfibrada, muito branquinha, desse branco leitoso e doce que têm certas nuvens às quatro e meia da tarde, na primavera. O gosto era de um salgado distante e de uma ternura quase musical. Era um gosto indefinível e puríssimo, como se o lombo fosse lombinho da orelha de um anjo louro. Os torresmos davam uma nota marítima, salgados e excitantes da saliva. O tutu tinha o sabor que deve ter, para uma criança que fosse *gourmet* de todas as terras, a terra virgem recolhida muito longe do solo, sob um prado cheio de flores, terra com um perfume vegetal diluído mas uniforme. E do prato inteiro, onde havia um ameno jogo de cores cuja nota mais viva era o verde molhado da couve – do prato inteiro, que fumegava suavemente, subia para a nossa alma um encanto abençoado de coisas simples e boas.

Era o encanto de Minas.

São Paulo, 1934

UM SONHO DE SIMPLICIDADE

Então, de repente, no meio dessa desarrumação feroz da vida urbana, dá na gente um sonho de simplicidade. Será um sonho vão? Detenho-me um instante, entre duas providências a tomar, para me fazer essa pergunta. Por que fumar tantos cigarros? Eles não me dão prazer algum; apenas me fazem falta. São uma necessidade que inventei. Por que beber uísque, por que procurar a voz de mulher na penumbra ou os amigos no bar para dizer coisas vãs, brilhar um pouco, saber intrigas?

Uma vez, entrando numa loja para comprar uma gravata, tive de repente um ataque de pudor, me surpreendendo assim, a escolher um pano colorido para amarrar ao pescoço.

A vida bem poderia ser mais simples. Precisamos de uma casa, comida, uma simples mulher, que mais? Que se possa andar limpo e não ter fome, nem sede, nem frio. Para que beber tanta coisa gelada? Antes eu tomava a água fresca da talha, e a água era boa. E quando precisava de um pouco de evasão, meu trago de cachaça.

Que restaurante ou boate me deu o prazer que tive na choupana daquele velho caboclo do Acre? A gente tinha ido pescar no rio, de noite. Puxamos a rede afundando os pés na lama, na noite escura, e isso era bom. Quando ficamos bem cansados, meio molhados, com frio, subimos a barranca, no meio do mato, e chegamos à choça de um velho seringueiro. Ele acendeu um fogo, esquentamos um pouco junto do fogo, depois me deitei numa grande rede branca – foi um carinho ao longo de todos os músculos cansados. E então ele me deu um pedaço de peixe moqueado e meia caneca de cachaça. Que prazer em comer aquele peixe, que calor bom em tomar aquela cachaça e ficar algum tempo a conversar, entre grilos e vozes distantes de animais noturnos.

Seria possível deixar essa eterna inquietação das madrugadas urbanas, inaugurar de repente uma vida de acordar bem cedo? Outro dia vi uma linda mulher, e senti um entusiasmo grande, uma vontade de conhecer mais aquela bela estrangeira: conversamos muito, essa primeira conversa longa em que a gente vai jogando um baralho meio marcado, e anda devagar, como a patrulha que faz um reconhecimento. Mas por que, para que, essa eterna curiosidade, essa fome de outros corpos e outras almas?

Mas para instaurar uma vida mais simples e sábia, então seria preciso ganhar a vida de outro jeito, não assim, nesse comércio de pequenas pilhas de palavras, esse ofício absurdo e vão de dizer coisas, dizer coisas... Seria preciso fazer algo de sólido e de singelo; tirar areia do rio, cortar lenha, lavrar a terra, algo de útil e concreto, que me fatigasse o corpo, mas deixasse a alma sossegada e limpa.

Todo mundo, com certeza, tem de repente um sonho assim. É apenas um instante. O telefone toca. Um momento! Tiramos um lápis do bolso para tomar nota de um nome, um número... Para que tomar nota? Não precisamos tomar nota de nada, precisamos apenas viver – sem nome, nem número, fortes, doces, distraídos, bons, como os bois, as mangueiras e o ribeirão.

Março, 1953

COISAS ANTIGAS

Já tive muitas capas e infinitos guarda-chuvas, mas acabei me cansando de tê-los e perdê-los; há anos vivo sem nenhum desses abrigos, e também, como toda gente, sem chapéu. Tenho apanhado muita chuva, dado muita corrida, me plantado debaixo de muita marquise, mas resistido. Como geralmente chove à tarde, mais de uma vez me coloquei sob a proteção espiritual dos irmãos Marinho, e fiz de O Globo meu *paraguas* de emergência.

Ontem, porém, choveu demais, e eu precisava ir a três pontos diferentes de meu bairro. Quando o moço de recados veio apanhar a crônica para o jornal, pedi-lhe que me comprasse um chapéu de chuva que não fosse vagabundo demais, mas também não muito caro. Ele me comprou um de pouco mais de trezentos cruzeiros, objeto que me parece bem digno da pequena classe média, a que pertenço. (Uma vez tive um delírio de grandeza em Roma e adquiri a mais fina e soberba *umbrella* da Via Condotti; abandonou-me no primeiro bar em que entramos; não era coisa para mim.)

Depois de cumprir meus afazeres voltei para casa, pendurei o guarda-chuva a um canto e me pus a contemplá-lo. Senti então uma certa simpatia por ele; meu velho rancor contra os guarda-chuvas cedeu lugar a um estranho carinho, e eu mesmo fiquei curioso de saber qual a origem desse carinho.

Pensando bem, ele talvez derive do fato, creio que já notado por outras pessoas, de ser o guarda-chuva o objeto do mundo moderno mais infenso a mudanças. Sou apenas um quarentão, e praticamente nenhum objeto de minha infância existe mais em sua forma primitiva. De máquinas como telefone, automóvel etc., nem é bom falar. Mil pequenos objetos de uso mudaram de forma, de cor, de material; em alguns casos, é verdade, para melhor; mas mudaram.

O guarda-chuva tem resistido. Suas irmãs, as sombrinhas, já se entregaram aos piores desregramentos futuristas e tanto abusaram que até caíram de moda. Ele permaneceu austero, negro, com seu cabo e suas invariáveis varetas. De junco fino ou pinho vulgar, de algodão ou de seda animal, pobre ou rico, ele se tem mantido digno.

Reparem que é um dos engenhos mais curiosos que o homem já inventou; tem ao mesmo tempo algo de ridículo e algo de fúnebre, essa pequena barraca ambulante.

Já na minha infância era um objeto de ares antiquados, que parecia vindo de épocas remotas, e uma de suas características era ser muito usado em enterros. Por outro lado, esse grande acompanhador de defuntos sempre teve, apesar de seu feitio grave, o costume leviano de se perder, de sumir, de mudar de dono. Ele na verdade só é fiel a seus amigos cem por cento, que com ele saem todo dia, faça chuva ou sol, apesar dos motejos alheios; a estes, respeita. O freguês vulgar e ocasional, este o irrita, e ele se aproveita da primeira distração para sumir.

Nada disso, entretanto, lhe tira o ar honrado. Ali está ele, meio aberto, ainda molhado, choroso; descansa com uma espécie de humildade ou paciência humana; se tivesse liberdade de movimentos não duvido que iria para cima do telhado quentar sol, como fazem os urubus.

Entrou calmamente pela era atômica, e olha com ironia a arquitetura e os móveis chamados funcionais: ele já era funcional muito antes de se usar esse adjetivo; e tanto que a fantasia, a inquietação e a ânsia de variedade do homem não conseguiram modificá-lo em coisa alguma.

Não sei há quantos anos existe a Casa Loubet, na rua 7 de Setembro. Também não sei se seus guarda-chuvas são melhores ou piores que os outros; são bons; meu pai os comprava lá, sempre que vinha ao Rio, e herdei esse hábito.

Há um certo conforto íntimo em seguir um hábito paterno; uma certa segurança e uma certa doçura. Estou pensando agora se quando ficar um pouco mais velho não comprarei uma cadeira de balanço austríaca. É outra coisa antiga que tem resistido, embora muito discretamente. Os mobiliadores e decoradores modernos a ignoram; já se inventaram dela mil versões modificadas, mas ela ainda existe na sua graça e leveza original. É respeitável como um guarda-chuva, e intensamente familiar. A gente nova a despreza, como ao guarda-chuva. Paciência. Não sou mais gente nova; um guarda-chuva me convém para resguardo da cabeça encanecida, e talvez o embalo de uma cadeira de balanço dê uma cadência mais sossegada aos meus pensamentos, e uma velha doçura familiar aos meus sonhos de senhor só.

Rio, novembro, 1957

BATISMO

Ir à praia cedo, como na infância. As ilhas no horizonte ainda estão veladas pela névoa da madrugada. O mar andou bravo esta noite, arrancando algas e mexilhões das pedras, em seu grande assanhamento de lua; respirar seu hálito acre; dar um mergulho na água fria, na praia ainda solitária, levar umas pancadas de onda, voltar para o sol na areia. E andar à toa ao longo da praia, chapinhando na espuma branca.

Mas encontro, com surpresa, uma senhora conhecida. Ela traz pela primeira vez à praia o seu menino, que deve ter dois anos. Fala com ele, ergue-o no ar, brinca, ri, toda contente de ver seu menino nu brilhando ao sol matinal. Vou seguir caminho, mas me detenho a olhá-la: carregou a criança para junto da espuma. O garoto, que ria, olha pela primeira vez, assim de perto, o mar; e está sério. Uma língua de espuma avança até seu pezinho. Ele choraminga, olha a mãe que o excita, rindo, batendo palmas. Ele se anima outra vez, talvez sinta que o mar é bom, é um novo brinquedo da mãe. Outra espuma se aproxima, mas não chega até ele; a mãe avança o braço, bate com a palma aberta na água, sempre falando, rindo. Ele olha, entre inquieto e divertido. Vem outra onda, mas a mãe o ergue no ar; a água fria beija apenas os seus pezinhos.

Eu me afasto mais; longe, me sento na areia, e fico olhando o quadro. Contra a luz, já não distingo as feições nem ouço a voz da mulher. Assim, com a silhueta cortada contra a luz que se reflete no chão molhado, ela parece estar nua com o seu menino. É apenas uma jovem fêmea que ensina o mar e o mundo à sua cria; transmite-lhe a experiência da espécie e o sentimento dos deuses; na sua graça matinal esse batismo tem uma beleza solene.

Rio, setembro, 1959

O SONHO DA ROÇA

A saudade da roça, essa saudade da terra que vive no fundo de todo o cidadão urbano... Saudade que pode não vir da vida da gente mesmo, que pode vir de mais longe, do homem antigo que pisava o chão com o pé descalço. Saudade que leva o caixa de banco, filho do amanuense do ministério, nascido, criado e vivido no asfalto, a fazer economia miúda para comprar um sítio a prestações – um sítio cujo anúncio no jornal de domingo soube cativar seu urbano coração.

Não importa que ele chegue à conclusão de que o lindo terreno, em uma região saudável e encantadora, a vinte minutos do Rio, fica, na realidade, a quarenta de Cascadura, e é um triste e quente brejo entre dois morros. De qualquer modo, os mosquitos, os carrapatos, as decepções e as formigas o esperam. Mas o caixa, heroicamente, lutará para fazer sua casinha e sonhará, na quarta-feira, com a penosa viagem suburbana do sábado como se já tivesse uma passagem reservada para Pasárgada.

Há urbanos que se arriscam a aventuras maiores, e sonham em trocar para sempre o escritório por uma fazendinha "que por enquanto está comendo dinheiro, mas pode dar uma boa renda" e lê com um olho lírico a revista que traz um artigo que explica perfeitamente o quão rendosa pode ser a cultura intensiva da alfafa ou a criação racional de galinhas.

Assim sonham os homens da cidade – e não despertam nem quando seus passos distraídos são ameaçados por um caminhão cheio de homens da roça que estão chegando ao asfalto, atraídos pelo chamamento irresistível de suas luzes.

30 de setembro de 1979

O CÉU

Deitar na praia de noite, ficar olhando o céu, vendo as estrelas. Então a gente rumina vagas noções de astronomia e, com certeza, se lembra da infância, do amor, do destino. Não, isso eu não aconselho a você. Talvez seja bom que a gente se sinta humilde diante desse mundo misterioso e infinito. Mas a consciência dessa humildade contém um certo orgulho. E também a gente pensa muita coisa que não sabe pensar. Muito melhor é deitar nesta rede, assim pelas quatro da tarde, e ficar olhando o céu. O céu não tem mistério, é simples e azul como uma blusa de menino. A luz é tênue e loura; passam pequenas nuvens brancas vagabundas.

Eu às vezes tenho vontade de explicar a um senhor de pouca imaginação que tem o ar de se aborrecer e está se queixando das fitas de cinema ou do "show" caro a que foi assistir:

"— Descobri uma coisa formidável, meu velho. Tenha a bondade de levantar a cabeça. Está vendo agora? Não está vendo nada? Ali, olhe. Não está enxergando nada? Você é cego? É o céu. Já tinha visto alguma vez?"

Tenho vontade de dizer isso, mas tenho vergonha. Mas a você eu conto minha descoberta. Sou um homem extraordinariamente rico: tenho uma janela para leste. Neste momento em que escrevo disponho de duas nuvens brancas. Não são muito grandes, mas são lindas. Posso imaginar você voando lentamente de uma para outra. De repente me acode que estou pensando uma tolice. Mas estou sozinho na rede; é doce pensar tolices. Se eu lhe contasse isso você riria, com seu riso meio infantil.

Fico pensando em você. Adeus céu, gaivotas, nuvens.

Estou sério, parado, triste, pensando em você.

11 de novembro de 1979

UM CAVALO PASTANDO DOMINGO

Amanheceu o mais claro sol no mais azul dos céus, o que para um homem de bem que se levanta cedo e abre a janela dá sempre uma impressão de festa, de maneira que meu amigo sentiu isso e disse de si para consigo, visto que no momento não dispunha de pessoa mais interessante com quem pudesse conversar: "Ora, pois, uma bela manhã; cantarolarei no chuveiro e cortarei as unhas dos pés e das mãos; tenciono aparar corretamente esse bigode; e vejo que estou há quatro dias usando o mesmo costume de casimira; ora, sairei com aquele tropical que deve estar bem limpo e usarei uma gravata alegre, não escandalosa mas bastante nova e bastante alegre para servir de cartaz no meu peito, fazendo saber aos transeuntes: 'Atenção. Lá vou eu, sou a gravata alegre anunciando que este homem acordou de coração vivo e peito limpo e que ele agradece ao sol o brilho que se vê nas folhas das árvores e na curva das ondas'."

Saiu. E tendo descoberto (coisas que havia esquecido) que a terra é bela, isso lhe deu uma vontade de viajar, de ir a São Paulo ou Paquetá, sair um pouco da rotina dos seus dias. Viajar alegremente, sem ser para fugir de mulher e sem ser atrás de mulher, viajar tão gratuitamente que poderia mesmo ir a Belo Horizonte e amaria, neste momento, estar saltando em Barra do Piraí – certamente, então, andaria pela beira do rio, sem outro pensamento além deste: "ora, pois, aqui estou eu olhando o rio Piraí". De súbito, pensou: "eis uma belíssima, sensacional manhã para assistir a uma pororoca. Deve ser impressionante, uma bela pororoca num dia de sol; quando irei ao Amazonas, e em que dia de que mês e de que lua costuma haver pororocas?"

Saiu para a rua, com sapatos leves, feliz de andar. O que ficaria para trás era noite – toda a tristeza e desejo vão. Salve a bela manhã, pensou ele – e se sentiu tão simples e sadio como um cavalo pastando perto da igreja na manhã de um domingo.

25 de maio de 1980

RUAS ANTIGAS, UM CLUBE PARA TODO MUNDO

Rua Álvaro Alvim. Atrás da Cinelândia, traçada exclusivamente entre altos edifícios de cimento armado, ela guarda, entretanto, muita coisa das ruas do Rio antigo. Isso porque a fizeram estreita e sombria, escondida. Qualquer urbanista condena isso. Se vamos abrir ruas marginadas de arranha-céus, elas devem ser largas, amplas, para que circulem à vontade os veículos, as pessoas e também o ar e a luz.

Mas não é de estranhar que a arquitetura, no Brasil, ande sempre na frente do urbanismo, nem que uma estivesse em 1920 enquanto o outro continuava na Idade Média.

Aliás, arranha-céu já não é arquitetura apenas; pelo seu caráter de habitação e utilização múltipla, ele apresenta os problemas de uma pequena cidade; e isto só lentamente começa a se compreender, pois só agora essas aldeias verticais vão sendo dotadas de serviços adequados à coletividade que abrigam, vão cuidando de ter seu jardim, seu *playground*, sua piscina, sua lavanderia, etc.

Sim, a rua Álvaro Alvim é quase medieval, pelo contraste entre seu leito e suas margens. Na Esplanada do Castelo já não se cometeu esse erro tão acentuado, apesar de seu traçado confuso e suas incoerências. Mas acontece que hoje estou pensando na rua Álvaro Alvim. Está sempre atravancada de carros e de gente, é estreita, suja, às vezes úmida. Mas, no meio de tudo isso, que sombra fresca! Pode ser que tudo nessa rua esteja errado – mas, para quem vem de avenidas e ruas largas com muito calor e muita luz, é doce entrar na rua Álvaro Alvim. Podem dizer que as árvores e as *loggio* podem servir de defesa nas avenidas e ruas largas – mas não é a mesma coisa.

O que me pergunto é isto: se os urbanistas modernos fossem fazer outra vez o Rio, teríamos duas ruas como a Ouvidor e Gonçalves Dias, por exemplo? Ruas – não galerias de pequenas lojas – ruas assim suaves, reservadas apenas para o pedestre; ruas que parecem feitas na medida da gente, fáceis de atravessar, ruas onde a pessoa encontra pessoas, ruas intensamente sociáveis, humanas, acolhedoras? Eis o que é preciso ponderar: como a avenida Presidente Vargas é hostil ao homem, é desagradável, imprópria para pessoas.

Os urbanistas me acharão cândido, mas eu os conjuro a pensar na parte de doçura que havia na cidade antiga, e a reservar, na cidade moderna, algumas ruas que não sirvam para cavalos nem para motores, mas sejam como um clube de todo mundo, um clube de transeuntes, gratuito e suave, onde os cidadãos se vejam e às vezes se abracem.

8-14 de fevereiro de 1981

UM PASSEIO A PAQUETÁ

Confesso que eu andava pensando numas viagens... É bom, pegar um navio ou um avião e dar um giro por aí – descansar um pouco do Brasil, de seu crônico desgoverno; descansar um pouco do Rio, do trânsito enrascado, de todos esses problemas, esse desconforto do povo, principalmente dessas caras importantes que a gente vê todo dia nos jornais discutindo, opinando, espalhando tédio. Descansar da gente mesmo, que vai emburrecendo demais por causa de tudo isso – porque uma viagem é uma espécie de *dribbling* que uma pessoa passa em si mesma.

Nas outras cidades do mundo também há problemas, também há gente cacete, também há tédio. Mas o viajante não tem nada com isso, vai passando, olhando as coisas, de alma limpa, nova, indiferente. E além disso quantas pessoas tão queridas estão espalhadas por este mundo, e como seria bom vê-las, como seria doce o momento de sentar com uma delas na mesinha de um bar – em Paris, em Washington, em Lisboa, em Bruxelas, em Roma... – e ouvir a voz amiga, ver os olhos, a cara amiga, saber coisas, dizer coisas; no estrangeiro a pessoa amiga é mais amiga, cada um tem mais necessidade de ternura brasileira, há menos interferência, mais suave entendimento.

Mas contra esses sonhos vagabundos há uma realidade vil: o dólar subindo. Não sei o que foi que inventaram esses senhores do governo, mas positivamente eles não se conduziram bem comigo. Fiquei no Brasil e agora estou preso, amarrado pelos nós desse câmbio vilíssimo. Há o remédio de escrever cartas – mas as cartas não dizem nada, as cartas têm uma voz falsa, neutra, sem intimidade nem calor. Carta não é remédio para curar nada, é apenas aspirina que mal atenua a dor da saudade, carta é uma pastilha barbitúrica. Barbitúrica! Duvido que alguém me mostre uma outra palavra mais feia na língua portuguesa. Barbitúrica! Sento-me para escrever uma carta a uma pessoa querida e de repente me aparece essa palavra, como uma pequenina mulher barbuda que sofre de ácido úrico, e com voz esganiçada, a fazer caretas, me diz: eu sou a barbitúrica, eu sou a barbitúrica!

É melhor não escrever carta nenhuma, não comprar nenhum dólar e gastar os cruzados dando um passeio a Paquetá, jardim de afetos, pombal de amores.

ORIGEM DAS CRÔNICAS

LIVROS

O conde e o passarinho
* "Recife, tome cuidado", "Animais sem proteção", "O conde e o passarinho", "Luto da família Silva" e "A lua e o mar".

Morro do Isolamento
* "Mar", "Palmiskaski", "Morro do Isolamento" e "Almoço mineiro".

Crônicas da Guerra na Itália (Com a FEB na Itália)
* "A procissão de guerra", "A menina Silvana" e "Cristo morto".

Um pé de milho
* "Um pé de milho", "A companhia dos amigos" e "Da praia".

O homem rouco
* "Biribuva", "Histórias de Zig", "Sobre o amor, etc.", "Nascem varões", "O morador", "Procura-se" e "Sobre a morte".

A borboleta amarela
* "Flor-de-maio", "A borboleta amarela", "A velha", "Manifesto", "O telefone", "Os perseguidos", "Cansaço", "Do Carmo", "Natal", "A viajante", "Os amantes" e "A navegação da casa".

Ai de ti, Copacabana!
* "Os trovões de antigamente", "A tartaruga", "São Cosme e São Damião", "Natal de Severino de Jesus", "O padeiro", "Os amigos na praia", "Sobre o amor, desamor...", "Lembranças da fazenda", "A outra noite", "Quem sabe Deus está ouvindo", "Coisas antigas" e "Batismo".

Brasil, terra & alma – Minas Gerais[1]
* "Depoimento de capixaba".

A traição das elegantes
* "Apareceu um canário", "Nós, imperadores sem baleias", "Velhas cartas", "Não ameis à distância!", "Às duas horas da tarde de domingo", "Uma certa americana", "As meninas", "O mato" e "Um sonho de simplicidade".

Crônicas do Espírito Santo
* "O Brasil está secando".

Recado de primavera
* "Recado de primavera", "Recordações pernambucanas" e "É um grande companheiro".

O verão e as mulheres
* "Cajueiro", "O lavrador", "Lembranças", "Mãe", "Homem no mar" e "Neide".

As boas coisas da vida
* "O protetor da natureza", "Havia um pé de romã", "Adeus a Augusto Ruschi", "Chamava-se Amarelo", "Aproveite sua paixão", "As boas coisas da vida", "Como se fosse para sempre" e "Um passeio a Paquetá".

Um cartão de Paris
* "O vento que vinha trazendo a Lua", "Viver sem Mariana é impossível" e "Ainda há sol, ainda há mar".

1939 – Um episódio em Porto Alegre (Uma fada no *front*)
* "Crianças com fome" e "A casa do alemão".

Bilhete a um candidato & outras crônicas da política brasileira
* "Os índios e a terra".

---

[1] Selecionada por Carlos Drummond de Andrade, a coletânea de textos de vários autores abordando Minas Gerais foi publicada em 1967 pela Editora do Autor.

Os moços cantam & outras crônicas sobre música
* "Amor, etc.".

Dois pinheiros e o mar e outras crônicas sobre meio ambiente
* "O Rio", "Coisas do Brasil", "Os homens práticos", "A árvore" e "Não matem o jacu-verde!".

O poeta e outras crônicas de literatura e vida
* "O velho" e "O poeta".

PERIÓDICOS (JORNAIS E REVISTAS)

Correio da Manhã (RJ)
* "Para as crianças", "Humildes" e "Bichos".

O Fluminense (RJ)
* "Onde estaria o menino" e "A tua lembrança".

Manchete (RJ)
* "Carta a uma velha amiga".

Revista Nacional (RJ)
* "'Vamos tomar alguma coisa'", "O abominável homem das neves", "O sonho da roça", "O céu", "Um cavalo pastando domingo" e "Ruas antigas, um clube para todo mundo".

SOBRE O AUTOR

Rubem Braga nasceu em 12 de janeiro de 1913, em Cachoeiro de Itapemirim, no Espírito Santo, e, precocemente, passou a dedicar-se ao jornalismo, em 1928, no *Correio do Sul*, fundado por seus irmãos. Apesar de graduado em Direito, nunca exerceu a profissão e dedicou-se por toda a vida ao jornalismo e à crônica, passando por diversos jornais brasileiros. Atuou também como embaixador no Marrocos, chefe do Escritório Comercial do Brasil no Chile, editor, contista e poeta, experiências que influenciaram suas crônicas, além de ter sido correspondente do *Diário Carioca* durante a Segunda Guerra Mundial.

Considerado um dos mais importantes escritores e expoente máximo da crônica no Brasil, Rubem Braga publicou seu primeiro livro, *O conde e o passarinho*, em 1936. A este seguiram-se diversos outros títulos que lhe garantiram prestígio incomum junto ao público leitor e à crítica ao longo das últimas décadas. Obras como *Ai de ti, Copacabana!* alçaram a crônica, gênero comumente considerado "menor", a um patamar jamais alcançado na literatura brasileira.

Após muitas viagens e residências, Rubem Braga se instalou definitivamente no Rio de Janeiro, onde sua casa se tornou famoso ponto de encontro da intelectualidade carioca. Faleceu em 19 de dezembro de 1990 e suas cinzas foram jogadas no rio Itapemirim.

SOBRE O SELECIONADOR

Gustavo Henrique Tuna nasceu em Campinas, São Paulo, em 1977. É doutor em História Social pela Universidade de São Paulo e mestre em História Cultural pela Universidade Estadual de Campinas, onde defendeu em 2003 a dissertação *Viagens e viajantes em Gilberto Freyre*.

É autor de *Gilberto Freyre: entre tradição e ruptura* (São Paulo: Cone Sul, 2000), premiado na categoria Ensaio do III Festival Universitário de Literatura, promovido pela Xerox do Brasil e pela revista *Livro Aberto*. Também é autor das notas ao livro autobiográfico de Gilberto Freyre *De menino a homem* (São Paulo: Global, 2010), vencedor na categoria Biografia do Prêmio Jabuti 2011. É sua a seleção de textos do livro *O poeta e outras crônicas de literatura e vida*, de Rubem Braga, vencedor na categoria Crônica do Prêmio Jabuti 2018.

Atualmente, é gerente editorial da Global Editora e realiza pós-doutorado no Departamento de História da Universidade de São Paulo.